HERBERT HAHN

DAS GOLDENE KÄSTCHEN

HERBERT HAHN

DAS GOLDENE KÄSTCHEN

Erzählungen - Legenden - Märchen

J. CH. MELLINGER VERLAG / STUTTGART

Den Einband gestaltete Ilona Feddersen

4. Auflage 1989

ISBN 3-88069-033-2

INHALT

Dem Gedächtnis

der immer lebendigen lieben Erzählerin

meiner Mutter

Pauline Hahn

ZUM GELEIT

Vor etwa dreißig Jahren erschien im Ernst Surkamp-Verlag in Stuttgart mein »Meister der Liebe«. In der Sprache von Märchen, Legenden und Erzählungen wollte da Zwiesprache geführt werden mit manchem, was sich tief in der Seele des Menschen der Gegenwart an Fragen bewegt. Namentlich in der Seele des jungen Menschen.

Das Echo auf diese z. T. in äußerst gedrängter Form gegebenen Inhalte und Bilder war größer, als ich je zu hoffen gewagt hatte. Die in dem Buch angeschlagenen Motive wurden in manchem Gespräch erörtert und führten zu echten Menschenbegegnungen. Dem einen oder dem anderen wurde das Buch zu einem treuen Begleiter auf dem Wege aus der Jugendzeit in das reife Leben.

Als die erste Auflage vergriffen war, kamen über Mitteleuropa Jahre, die nicht erlaubten, an einen Neudruck zu denken.

Im Laufe der letzten Jahre bin ich aber immer wieder gefragt worden, ob ich nicht an ein Wiedererscheinen des »Meisters der Liebe« oder an die Veröffentlichung anderer, neuer Erzählungen denken wolle.

In dem hier ins Leben tretenden »Goldenen Kästchen« sind beide Anregungen miteinander verschmolzen. Doch konnte ich mich nicht entschließen, alle Erzählungen jenes Erstlingsbuches einfach zu übernehmen. Ich habe zunächst solche ausgewählt, die den stärksten Bezug auf meinen eigenen Lebensweg haben und zugleich auch innerlich aktuell geblieben sind. Sie bilden den ersten Teil dieses Buches und mögen von manchem als vertraute Bekannte wiederbegrüßt werden.

Im zweiten Teil sind die meisten meiner inzwischen erwachsenen Erzählungen zusammengefaßt. Sie weichen notwendigerweise in der Form von dem früher niedergeschriebenen ab, sind aber im tieferen Sinne doch ganz mit ihnen verbunden.

Einem Motiv folgend, das ich in manchen Varianten und an vielen Orten behandeln durfte, habe ich dem Ganzen den Titel »Das goldene Kästchen« gegeben. Wie auch aus der in diesem Buch stehenden Erzählung hervorgeht, kann das »goldene Kästchen« in vielen Lebenslagen befragt werden. Und es weiß dem Antwort zu geben, der mit rechtem Ohr auf es hinhört.

Möge es recht oft gefragt werden, damit es, je nach Neigung, spenden kann.

Stuttgart, im Herbst 1958

Herbert Hahn

AUS DEM

»MEISTER DER LIEBE«

EIN MEISTER DER LIEBE

Durch die Länder der untergehenden Sonne wanderte vor Zeiten ein Mann, der viel von sich reden machte. Man erzählte sich Wunder über Wunder von seinem Wirken, den Meister der Liebe nannte man ihn.

Es war und blieb eigen, daß man nie wußte, wo er gerade weilte. Er tauchte geheimnisvoll auf und verschwand geheimnisvoll. Meist begleitete ihn einer der eifrigeren Schüler.

Ein Edelmann, dem weniger an seinem Namen, als an seinem Werden und Wachsen lag, wollte den Meister der Liebe kennen lernen. Viel Mühe und viele Mittel hatte er schon ans Lernen gewandt. Nie scheute er auch viele Mittel und Mühe, die Fährte des Meisters der Liebe zu suchen. Er suchte fast drei Jahre, von Land zu Land, rastlos. Eines Abends kam er in ein Dorf, wo er hörte, wenige Stunden zuvor sei der Meister der Liebe dagewesen. Er habe zuletzt den Acker einer armen Witwe zum Gedeihen gesegnet; nun sei er in der Richtung der nahen Waldkapelle fortgezogen.

Obwohl es schon dunkel werden wollte, nahm der Edle rasch Abschied, sprang auf sein Roß und sprengte dem Walde zu.

Bald stieß er auf zwei Wanderer: einen ehrwürdigen Greis mit klarem, tiefem Blick, einen Jüngling unscheinbaren Gesichtes, unscheinbarer Kleidung, aber sehr gerader Haltung.

Der Edle sprang vom Pferd, verneigte sich tief und sprach: »Darf ich den Meister der Liebe grüßen? Ist mir verstattet, ihn zu begleiten?«

Der Greis antwortete nicht. Er winkte still, aber freundlich mit der Hand, während der Jüngling regungslos dastand. Der Edle freute sich des bescheidenen Gebahrens. Gerne wollte er der Hand dieses Greises folgen. Er verehrte ihn schon lange, nun fand er ihn liebenswert.

Er nahm sein Pferd an den Zügel und schritt neben den beiden Wanderern einher, der hereinbrechenden Nacht zu. Es war ihm peinvoll, ein Pferd zu haben, während seine Begleiter so arm durch die Welt zogen.

Da begegnete ihnen ein Bettler. Der Alte reichte ihm die Hand und schenkte ihm einen Kreuztaler. Der Jüngling blieb stumm stehen.

Dem Edlen kam ein schöner Gedanke. Er ging auf den Bettler zu und bot ihm sein Pferd zum Geschenk. Hocherfreut nahm jener die Gabe des Edlen an.

Als der Bettler das Pferd davonführte, murmelte der Alte ein Wort des Lobes.

»Das war mein erster Unterricht beim Meister der Liebe«, dachte der Edle erfreut, »das Weitere wird schon kommen.«

Eins nur war ihm befremdlich: Der Jüngling zuckte die Achseln.

Sie kamen bald an die Waldkapelle. Dicht dabei war ein Buschwächterhaus. Der Wächter war gestorben, Frau und Tochter aber wohnten noch im Haus. Sie erlaubten den Fremden, zu übernachten. Diese machten dafür am Morgen Holz klein und trugen Wasser herbei. Der Jüngling grub noch einige Beete im Garten um.

Sie machten sich dann auf den Weg. Des Buschwächters Töchterlein brachte zum Abschied Veilchen, jedem Wanderer einen Veilchenstrauß. Dann winkte sie den Fremden nach.

Schon beim nächsten Schritt warf der Jüngling sein Sträußlein hinter sich. Und wieviel das Mädchen auch winkte, er schaute kein einziges Mal zurück.

Der Alte blickte den Jüngling verwundert an, sagte aber nichts.

»Der Grobian«, dachte der Edle. »Und so etwas tut er beim Meister der Liebe?«

Mittags kamen sie an ein Nonnenkloster. Dessen Vorsteherin war weit und breit berühmt wegen ihrer Sanftmütigkeit. Niemand erinnerte sich, daß je ein böses Wort über ihre Lippen gekommen war.

Die gütige Vorsteherin ließ die Fremdlinge mit herrlicher Speise laben. Auf die Bitte des Edlen führte sie sie dann noch durch die einfachen und doch so stimmungsvollen Gemächer.

»Hier das Zimmer meiner Andacht«, sagte sie leise. Sie wies in einen kleinen, matt erhellten Raum. Das Sonnenlicht brach sich in einer zartgoldenen Fensterscheibe. In ihrem Rahmen lächelte holdselig ein wundersames Bildnis der heiligen Cäcilia.

Alle traten scheuen Schrittes ein. Der Jüngling stolperte voran. Er wollte mit dem Stab gegen die Scheibe weisen, glitt aus und fiel ins Fenster. Scheiben klirrten zu Boden, die anderen schrien auf.

»O, es ist Glas!« rief er gleichsam befriedigt.

Die greise Führerin bebte. Tränen traten ihr in die Augen, Röte schoß ihr ins Gesicht.

»Nehm' sich der Flegel besser in acht! Verzeih ihm Gott die Sünde!«

Und schluchzend wandte sie sich zum Alten: »Das ist das Bild, vor dem ich seit vierzig Jahren täglich gebetet habe.«

Der Alte war betreten. Aber er zuckte nur mit den Achseln.

Dem Edlen brannte sein Stab in der Hand. Aber er schaute immer nur den alten Mann mit dem klaren, tiefen Blick an. Als jener tief demütig die Hand der Vorsteherin küßte, dachte er: »Welch ein Meister der Liebe ist er doch. Ja, bei ihm werde ich wahrhaft groß!«

Als sie aber wieder auf dem Wege waren, nahm er den Alten ein wenig bei Seite und flüsterte ihm zu: »Ihr sollt doch euren Begleiter da etwas weniger verziehen!«

Der Alte schüttelte den Kopf.

Am Abend kamen sie in die Stadt. Sie gingen zu einem Arzte, der eben ein großes Buch vollendet hatte.

Er hieß, fremden Besuches viel gewohnt, die drei herzlich willkommen. »Übernachten könnt ihr in meiner Studierstube, wenn euch der Staub nicht zu dick ist.«

Der Alte lächelte: »Wir kommen von der Landstraße.«

Bald war er in tiefem Gespräch mit dem Arzte, die andern hörten zu. Sie hörten, wie der Greis erzählte von der Wirkung der im Frühling blühenden Pflanze, von der Wirkung der im Herbst blühenden, von einfachen Kräutern, die nur bei gewisser Mondstellung heilkräftig werden, von hundert Geheimnissen des innigen Verbundenseins von Pflanze und Mensch.

Der Arzt hörte andächtig zu. Er schrieb sich Bemerkungen auf. Er hatte einen Packen von Blättern schon zum Buch gefügt; jetzt band er sie auf und schrieb hier und schrieb dort, während der Alte freudig erzählte.

»Ein Meister der Liebe und des Wissens!« so staunte unser Edler.

Da es noch nicht weit im Jahr war, und der Abend kühl wurde, machte man im Kamin ein Feuer. Man wollte den Duft junger Blüten atmen, und so blieb ein Fenster offen. Der Alte erzählte, der Arzt schrieb; die anderen hörten zu. Niemand schien zu merken, wie am Abendhimmel eine dunkle Wolke heraufkam. Plötzlich fuhr ein Windstoß ins Zimmer und packte einige Blätter. Jäh wirbelten sie in den Garten hinaus. Der Arzt, der Alte, der Edle, alle drei stürzten nach in den Garten. Ein Regenguß war nah. Weh, wenn die kostbaren Blätter verwischt oder zerfetzt würden.

Immer stärkere Stöße folgten. Alle haschten und haschten. Niemand merkte, daß der Jüngling im Zimmer blieb.

Endlich gelang es, alle Blätter zu fassen.

»Das hätte bös werden können«, sagte der Arzt atemlos.

Glücklich traten die drei wieder in die Stube. Aber wie taumelten sie zurück, als ihnen dicker Qualm entgegenschlug. Ein Windstoß hatte die übrigen Blätter gepackt und zum Kamin geweht. Einige Fetzen, verkohlt und verschrumpft, flogen im Zimmer herum. Ein dickes Bündel glühte über dem Holz.

Der Jüngling stand vor dem Kamin, hielt seinen Mantel ausgebreitet, daß ja kein Blatt ins Zimmer fliege.

Der Arzt sank ohnmächtig nieder.

Der Greis war erschüttert. Er schloß das Fenster und legte dem Ohnmächtigen ein nasses Tuch auf die Stirn.

Der Jüngling trat zu dem Ohnmächtigen und hielt einen Augenblick seine Hand auf dessen Stirn.

Der Arzt erwachte. »Hab Dank!«

»Nicht diesem, nicht diesem«, schrie der Edelmann auf. »Er hat ja – –.«

Er konnte nicht vollenden. Der Alte packte ihn am Arm und zog ihn hinaus. Bald waren sie wieder im Wald. Als die ersten Bäume sie umfingen, blieb der Edle stehen.

»Meister der Weisheit, das ist zu viel. Der steht dabei, läßt ein Lebenswerk verbrennen und schämt sich nicht des Dankes. Herr, wie kannst du es dulden? Treib ihn fort, der nicht wert ist, dein Schüler zu sein. Oder ich muß dich noch heute verlassen.«

Der Alte schrak zusammen. Dann raunte er: »Herr, halt an. Nicht er der Schüler. Ich – – nur Schüler. Er – – der Meister der Liebe.«

Der Edle glaubte zu träumen.

»Jener – – – der Meister der Liebe?«

Ihm schwindelte.

»Herr, wenn das Liebe ist und du der Schüler dieser Liebe bist, dann bin ich toll oder die Welt. Ich sehe, man hat meiner gespottet: Ich scheide, noch jetzt.«

Er wollte sich zum Gehen wenden.

Der Jüngling trat vor. »Nimm noch den Sinn!«

Sein Gesicht war verwandelt. Sein Auge strahlte sonnenstark. Sein ganzes Wesen atmete Gnade.

Der Edle verstummte. Als der Alte diese Veränderung sah, flüsterte er ihm zu: »Glaubst du bald, daß ich nicht zu alt bin, jenes Meisters Schüler zu sein?«

Da die beiden andern sich setzten, ließ sich auch der Edle nieder.

Der Jüngling sprach.

»Du wunderst dich dessen, was du heute sahst?

Und dennoch tat ich Schwacher nur Dienste der Liebe.

Daß ich den Veilchenstrauß von mir warf, hatte guten Grund. Das Mädchen, welches einem anderen die Treue gelobt, hatte Liebe zu meiner Gestalt gefaßt. Hätte ich nur einmal noch umgeschaut, sie hätte in einem einzigen Blick ihre Treue verloren, für immer. So war ich hart im Dienste der Liebe.

Die Vorsteherin des Klosters war ganz umgarnt von süßlicher Frömmigkeit und versteckter Eitelkeit. Die Menschen hielten sie keines Vergehens mehr fähig. Sie sagten, sie sei selbst ein Engelwesen geworden, der heiligen Cäcilia gleich, vor der sie täglich kniete. Da deckte ich ihr die Teufelsfratze in ihrer Seele auf. Da machte ich frischen Zug und wurde tölpelhaft aus Liebe.

Der Arzt lief Gefahr, über seinem Buchschreiben einzuschlafen. Bücherschreiben ist ihm nichts Neues. Das konnte er schier, als er noch in der Wiege lag. Aber dies Leben verlangt Neues von ihm. Es berief ihn zum Heiler.

Drum ließ ich das Buch, das ich hätte retten können, ruhig verglimmen. Ich faßte die verbrannte Weisheit in dem Worte seines neuen Lebens zusammen und legte ihm dieses Wort aufs Haupt. Es wird in seinem Haupte wurzeln, in seinem Herzen blühen. Er wird noch morgen einem Kranken, den er nicht mehr besuchen wollte, das Leben retten; er wird heilen. Und in der Todesstunde wird er den Frühlingsabend segnen, an dem sein Buch verbrannte! So war ich ein Narr – auch aus Liebe.

Hier ist der Sinn. Sein schwacher Diener bin ich nur.«

Der Greis neigte ergriffen das Haupt:

»Mein Meister, mein Meister!«

Der Edle stand auf. Für ihn begann ein neues Leben.

»Ich danke dir. Ein halbes Leben hab ich mich bereitet, drei Jahre suchte ich, einen Tag schaute ich. Nun gehe ich; für den Rest meiner Jahre hab ich genug zu tun.«

Der Jüngling reichte ihm die Hand und hielt sie lange. »Geh nur und wirke. Doch bedenke dein Wirken, bis du heimreitest.«

Noch einmal staunte der Edle.

»Ich – heimreiten? Gab ich nicht mein Pferd gestern abend hin im Anfangsunterricht der Liebe?«

»Der Liebe? Ich sehe, mein neuer Freund wird den Sinn dieses Wortes noch länger suchen, als ich dachte. Der Bettler, dem du dein Pferd gabst, war ein schwerer Verbrecher. Dein Roß war ihm willkommen zur Flucht vor dem Tod. Aber jetzt hängt er schon am Galgen. Man faßte ihn, als er im Wirtshaus Branntwein bestellen wollte für einen blinkenden Kreuztaler. Es war das Wirtshaus, wo man dir meine Spur wies. Geh nur dorthin, dort steht dein Pferd, angebunden an der Krippe.

Geh in Frieden, mein Freund: ich sehe gute Frühlingswege für Reiter und Roß.«

Der Edle ging. Ein Stück Weges begleitete ihn der Alte, der so jung war im Lernen. Es war ganz still geworden. Als sie an den Waldsaum kamen, sahen sie, wie junges Mondlicht und Sternenglanz auf die Straße fielen. Der Duft kommender Blumen hob den Busen der Erde.

»Wandre zu in den Frühling«, sagte grüßend der Alte.

Der Edle ging. Jeder Schritt sprach ein Wort:

Ja, Frühling, jetzt kenn ich dich,
dich kenn ich seit heute,
dich, der du Sturm bringst,
und Blüten im Sturm.
Du selber – ein Meister der Liebe!

DIE GOLDENE KAPSEL

In Zeiten, da Lüge die Erde zu ersticken drohte, lebte einst ein großer Lehrer. Der war sonnenkundig in Wahrheit und Liebe. Ein Sonnenhelfer war er.

Viele Schüler kamen zu ihm, keiner so oft, wie der fremde Schüler, den sie bald den »großen« nannten. Denn groß war sein Mut im Streiten für die Wahrheit, groß war seine Macht, Schmerzen zu nehmen, groß war seine Geduld im Schweigen. Einst hatte ihm der große Lehrer eine goldene Kapsel geschenkt. Er trug sie an einer feinen goldenen Kette. Und er trug sie seitdem immer über seiner Brust.

Alle Schüler und viele andere Menschen verehrten den großen Lehrer. Viele aber beneideten den großen Schüler. Sie beneideten ihn wegen der goldenen Kapsel, sie beneideten ihn darum, daß er so oft mit dem Lehrer sprechen durfte. Jedesmal, wenn er zum Lehrer ging, gab es unter jenen andern ein heimliches Mutmaßen, ein Züngeln und ein Zischeln. Es ging die Rede, der Lehrer gebe ihm bei jedem Besuch einen neuen, kostbaren Talisman in die goldene Kapsel.

»Denn er wirkt größere Taten« – sagten sie – »nach jedem Besuch.« Jedesmal, wenn der große Schüler von seinem Lehrer kam, leuchtete fröhlich sein Gesicht, gesenkten Blickes schritt er ruhig daher. Seine linke Hand pflegte er dann über der Brust zu halten. Ganz fest umschloß sie die goldene Kapsel. Nur ein einziges Mal wollte jemand bemerkt haben, daß seine Finger ein wenig zuckten.

Das waren die Augenblicke, da der Neid am heißesten brannte.

»Er trägt . . .«, zischelten die hinter den Fenstern und die hinter den Türen, »er trägt, wie sollte er nicht wirken?«

Und der große Schüler trug. Er stritt für die Wahrheit, nahm Schmerzen fort und schwieg in Geduld.

Dann starb er, gar früh.

Als er einsam gestorben war, versammelten sich einige der Schüler, die ihn gern gehabt hatten und auch einige derer, die ihn beneidet hatten. Sie wollten seine Leiche schmücken fürs Grab. Sie legten ihm das Totengewand an. Die goldene Kapsel wagte niemand zu berühren, noch zu öffnen, obwohl in vielen Herzen die Sehnsucht pochte. So legte ihm einer der stummen Helfer nur sanft und ehrfurchtsvoll die goldene Kapsel wieder aufs Herz.

Da ging die Tür auf. Niemand brauchte umzuschauen, alle wußten, wer kam: der Sonnenhelfer war da.

Als der große Lehrer den ersten Schritt in die Stube tat, zuckten alle Anwesenden jäh zusammen. Die goldene Kapsel war aufgesprungen. Jahre der Sehnsucht machten die Augen groß, und ein Augenblick ließ sie sinken.

In der Kapsel erschien ein kleiner schlichter Spiegel. Sein Rahmen war mit stählernen Stacheln besetzt. Stachel an Stachel, fast rundum. Auf der Innenseite des Deckels standen Worte.

Der Sonnenkundige war herangetreten. »Lest!«

Einer las:

»Der in mir schaut,
vergeht;
der durch mich schaut,
ersteht.«

Demütiges Schweigen ergriff die Schar, niemand war traurig. Ein innig süßes Singen ging von Herz zu Herz, sanfte Heiterkeit durchwellte den Raum, seit der Lehrer dastand.

Da wagte einer die Frage:

»Wir kannten ihn nie, wie dürfen wir ihn nennen?«

Der Sonnenkundige senkte den Seherblick in die goldene Kapsel. Er schaute lange. Ein Lächeln des Friedens umgoldete sein Gesicht. Dann machte er das Zeichen des Kreuzes und sprach:

»Bis heute hieß er – Tor unter Toren.
Jetzt würd' ich ihn nennen: Veronicus.«

KEINER WEISS WIE

Weit draußen im fernen Land liegt ein Dorf. Vor dem Dorfe ist ein klarer, tiefer Brunnen. Wer vom Dorf zum Brunnen will, muß an dem Garten vorbei, den der Tod anbaut.

Über das Dorf und über viele andere Dörfer herrschte einst ein stolzer Graf; der grüßte nur Grafen und Fürsten, andere Menschen beachtete er nicht. Als ihm seine junge Gemahlin starb, ward er noch stolzer und ganz einsam.

Im Dorfe lebte einst eine arme Bauernmagd, der waren Vater und Mutter längst gestorben. Sie wuchs bei fremden Leuten auf, sie diente früh und sie diente treu.

Alle Abend ging sie zu dem Brunnen vor dem Dorf, Wasser holen. Jedesmal, wenn sie am Garten des Todes vorbeikam, grüßte sie still. Sommers warf sie ein Blümlein über die Mauer, im rauhen Winter ein Tannenzweiglein. Jedesmal, wenn sie Wasser geschöpft hatte, ruhte sie ein Weilchen am Brunnen. Ehe sie ging, grüßte sie den Brunnen: sie schüttete einige Tröpflein Wasser als Dank in den Brunnen zurück.

Dem Grafen ging eines Tages sein Grafenring verloren, der Erbring mit dem gleißenden Stein, der das Zeichen der Macht war. Kein Diener konnte den Ring finden. Da sagten es die Diener den Leuten weiter. Die Leute spotteten und sprachen: nun werden wir ihn nicht mehr grüßen, er ist jetzt kein Graf mehr. Der Graf ließ überall verkünden: wer mir den Ring bringt, dem geb ich höchsten Lohn.

Seine verstorbene Gemahlin aber erschien ihm im Traum und sprach: keiner bringt dir den Ring, als wer den goldenen

Schlüssel hat. Den Ring hat dir eine Schlange geraubt. Die hütet ihn hinter einem Felsentor. Keiner öffnet das Tor, als wer den goldenen Schlüssel hat.

Da erwachte der Graf und ward noch trauriger.

Die Leute spotteten immer mehr. Auch die Leute in dem Dorf, bei dem der tiefe Brunnen liegt.

Die arme Magd mochte nicht spotten. Da ward sie von den Leuten verhöhnt. Weil sie aber still und gelassen blieb, sagten ihr die Leute Übles nach. Sie trug es geduldig.

Als sie eines Abends wieder zum Brunnen hinausgegangen war und nach dem Schöpfen etwas ruhte, mußte sie weinen. Da hörte sie auf einmal eine sanfte Stimme. Jäh blickte sie sich um; eine lichte Gestalt saß hinter ihr auf dem gegenüberliegenden Rand des tiefen Brunnens.

Die Gestalt sprach: Erschrick nicht, liebes Mädchen, ich kenne dich gut. Du gabst mir oft zu trinken. Heute hast du mich mit Sternentau gespeist. Ein Tröpflein von dem köstlichen Tau, den ihr Erdenmenschen Träne heißt, rollte in meinen Brunnen. Ich bin gekommen, dir zu danken.

Und die Gestalt reichte der armen Magd einen goldenen Schlüssel: gehe dahin, gehe dorthin. Schließe das Felsentor auf und hole den Ring von der Schlange. – Und wenn sie mich zu Tod beißt? – Wer unschuldig geweint hat, den darf sie nicht beißen, dem muß sie dienen.

Die Gestalt verschwand. Die Magd trocknete ihre Tränen, nahm ihren Krug und ging. Sie ging dahin und dorthin. Um Mitternacht fand sie das Felsentor. Leicht machte der goldene Schlüssel das Tor auf. Die Schlange war da, sie sprach: den Ring muß ich dir geben, aber läßt du mir deinen Wasserkrug da, so will ich dir dankbar sein. Die Magd nahm schnell den Ring und ließ den Wasserkrug stehen, halb im Schrecken. Da schlug schon das Felsentor zu.

Am Morgen war sie vor dem Grafenschloß. Sie sprach zu

den Dienern: ich bringe den Ring. Die Diener sagten es dem Kammerherrn, der Kammerherr sagte es dem Grafen. Der Graf war so froh, daß er am liebsten gleich hinausgeeilt wäre. Aber sein Stolz sprach zu ihm: du kannst doch eine Magd nicht grüßen! Da schickte der Graf den Kammerherrn mit einem Beutel voll Gold. Die Magd verneigte sich vor dem Kammerherrn und gab ihm den Ring. Als der Kammerherr ihr das Gold geben wollte, lächelte sie. Sie verneigte sich noch einmal und ging fort.

Der Kammerherr brachte dem Grafen den Ring. Der Graf erblaßte, als er den Ring sah. Er rief: du hast dich betrügen lassen, das ist nicht mein Ring! Der Ring trug nicht mehr den gleißenden Stein der Macht. Er trug einen wunderbaren Stein, der leuchtete wie durchsichtig Himmelblau. Der Graf suchte im Innern des Ringes nach den alten Kennzeichen. Da fand er diese nicht mehr. Aber er fand den Namen seiner jungen Gemahlin, wie von ihr selbst geschrieben. Und noch einen anderen Namen fand er darin, den kannte er nicht. Da rief er aus: es ist doch mein Ring, aber er ist verwandelt. Keiner weiß wie.

Und wie er den blauen Stein anschaute, ward er selbst verwandelt. Er rief zum Kammerherrn: reite und hole mir das Mädchen zurück. Als sie kam, durfte sie geradenwegs in des Grafen Gemach eintreten. Er grüßte sie zuerst, denn sein Stolz war geschwunden. Und er fragte: wie heißest du? Sie nannte ihm ihren Namen. Da las er lange im Innern des Ringes. Als er aufblickte, lächelte er friedsam. Er steckte der armen Magd den Ring an und sagte: Morgen bist du meine Gemahlin.

Als die Hochzeitsglocken ausgeläutet hatten, ging die junge Gräfin zum Grabe ihrer Eltern. Auf dem Grabe ihrer Mutter blühten herrliche weiß und goldene Blumen. Am Grabe ihres Vaters wuchs ein winziger Tannenbaum. Die

Blumen wurden immer schöner, der Baum wurde immer größer. Keiner weiß wie.

Als das Glück, das der armen Magd zuteil geworden, bekannt wurde, war das Staunen groß. Groß war auch der Neid. Eine reiche Dirn aus dem Dorf, die tüchtig mitgespottet hatte, sagte: das kann ich auch, den Brunnen beschenken. Sie nahm einige Perlen, trällerte am Friedhof vorbei, warf die Perlen in den Brunnen und setzte sich auf den Brunnenrand. Sie hörte ihren Namen rufen. Vor Freude errötend, blickte sie sich um. Da sah sie hinter sich eine häßliche Kröte sitzen, die blinzelte sie spöttisch an. Die Dirn ergriff einen Stein und schleuderte ihn nach der Kröte. Sie schleuderte so stark, daß sie ausglitt und in den Brunnen stürzte. Die Dirn ertrank. Keiner weiß wie, denn sie ward nie gefunden.

Aber der goldene Schlüssel, der steckte jetzt im Herzen des Grafen. Keiner weiß wie.

DER ALTE JUDE

An einem warmen Sommernachmittage saß ich mit zwei Schulfreunden in einem kleinen Provinzstädtchen auf einer im Schatten großer Alleebäume stehenden Bank. Wir hatten uns wahrscheinlich, wie so oft, wieder einmal über unsere Lehrer lustig gemacht, als sich ein alter, buckliger, weißbärtiger Jude mit freundlich zwinkernden Augen zu uns gesellte. Der Mann hatte einen schweren Sack zu tragen und war froh, sich ein wenig verschnaufen zu können.

Er hörte ein Weilchen unserem Geplauder zu. Dann fragte er uns freundlich, in welcher Klasse wir seien, und was wir lernten. Wir machten uns natürlich recht breit mit unserem Wissen und Können.

»Habt ihr denn auch die Schöpfungsgeschichte aus der Bibel gelernt?« – »Ei freilich«, riefen die munteren Stimmen, »recht eingehend, viel sorgfältiger als in den unteren Klassen, unser Religionslehrer hat mehrere Wochen darauf verwandt.« – »Mehrere Wochen?«, er schmunzelte vor sich hin und strich sich den weißen Bart. »Wirklich mehrere Wochen? Nun, dann müßt ihr zwar gut Bescheid wissen darin, ich will euch aber doch einmal etwas erzählen.«

»Ein Jude, ein ungelehrter Mann, uns belehren?« Wir rückten gespannt näher, und der alte Mann erzählte uns die folgende Geschichte:

Ein rechtdenkender Jude, der durch Fleiß und Geschicklichkeit zu einem verhältnismäßigen Wohlstand gelangt war, kam zu der Einsicht, er könne seinem einzigen Sohne keine bessere Gabe mit ins Leben geben, als wenn er ihn etwas Tüchtiges lernen ließe. Er setzte sich daher, als sein Sohn etwa achtzehn Jahre alt geworden war, mit dem Rabbiner des kleinen Ortes in Verbindung, um mit diesem zu beraten, was man den jungen Menschen sollte lernen lassen. Der Rabbiner, dem solche Fragen nicht allzuoft gestellt werden mochten, und der den jungen Burschen als überaus sittsam und klug kannte, riet nun aus einer gewissen Einsicht einerseits und aus einer geheimen Eitelkeit andererseits, der Vater solle seinen Sohn doch die Gottesgelehrtheit studieren lassen.

Der Alte zögerte erst, seine Einwilligung zu geben: es sei doch gar ein schwieriges Amt, das eine lange Vorbereitung erfordere und dann noch wenig Nutzen erbringe fürs äußere Leben. Der Rabbiner redete aber so lange zu und stellte dem Vater das Glück seines Kindes so strahlend vor Augen, daß dieser sich endlich seufzend bereit erklärte, das Opfer auf sich zu nehmen. Der Sohn zog nun, geleitet von dem elterlichen Segen, in die fern gelegene große Stadt, in der die Schule eines berühmten Rabbi war. Drei Jahre sollte er zunächst dort bleiben. Der Vater arbeitete wacker, und die Mutter hielt sorglich zusammen, damit das Geld für den Sohn aufgebracht und auch sonst noch eine kleine Gabe von Zeit zu Zeit übersandt werden konnte. Der Sohn schrieb glückliche Briefe und berichtete oft von dem Lob, das seine Lehrer ihm spendeten.

Als drei Jahre verflossen waren, und die Mutter schon voll inniger Freude alles auf den Empfang des Sohnes vorbereitete, der Vater in warmem Stolz dem Nachbarn von der baldigen Heimkehr seines Einzigen erzählte, kam eines Tages ein besonders dicker Brief. Klopfenden Herzens öffneten ihn die Eltern. Heraus fiel ein Zeugnis der Schule. Dieses Zeugnis besagte, daß ihr Sohn alle vorgeschriebenen Prüfungen musterhaft bestanden habe, ja, daß er sogar mehr geleistet habe als irgendein Schüler in den letzten zehn Jahren. Dem Zeugnis aber lag bei ein eingehender Brief des Leiters der

Schule. Der berühmte Rabbi schrieb, man könne nicht genug die geistige Kraft und die sittliche Reinheit rühmen, mit der dieser Zögling begabt sei. Während der ganzen drei Jahre habe er nicht eine einzige Unwahrheit gesagt, sei dafür auch immer reifer geworden, die höchsten Wahrheiten zu verstehen. Solcher Begabung genüge der gewöhnliche Abschluß nicht. Es wäre ein Vergehen, wenn man diesem jungen Manne nicht alle geistigen Schätze vermittelte, die überhaupt das bisherige Wissen berge. Er mache daher dem Vater den Vorschlag, seinen Sohn noch drei weitere Jahre lernen zu lassen. Während dieser drei Jahre sollte der Sohn noch bei anderen berühmten Lehrern des Landes in die Schule gehen. Er solle wandern und sich zu eigen machen, was immer das Leben bereichern und veredeln könne.

Die Eltern empfanden überströmendes Glück und bittere Enttäuschung zugleich. Die Mutter schlich sich zum Stübchen hinaus, der Vater aber saß lange nachdenklich da und stützte sein Haupt in die Hand. Immer wieder und wieder las er den Brief, und bis in die Nacht hinein saß er mit gerunzelter Stirn da. Am andern Morgen aber stand er ganz früh auf, setzte sich an den Tisch und schrieb leuchtenden Gesichtes einige kurze Worte: sie enthielten seine Einwilligung.

Drei weitere Jahre vergingen. Die Eltern arbeiteten und hofften; der Sohn lernte, wuchs und reifte. Eine immer größere Sehnsucht und Zärtlichkeit sprach aus seinen und ihren Briefen. »Kommst du nun bald?« schrieb mit zitternder Hand der Vater in jene Stadt, von der er wußte, daß der Sohn nunmehr in ihr weile. »Kommt er wohl bald?« klopfte es im Herzen der Mutter. Sie putzte das kleinste Eckchen des Hauses, stellte täglich frische Blumen an das Fenster, das auf die Straße ging, und blieb verträumt hinter diesem stehen.

Aber die nächste Post brachte keinen Brief von dem geliebten Sohn. Und nach zwei Wochen kam eine weitere Post, der die Eltern schon ein Stück Wegs entgegengingen, – aber es war wieder kein Brief da. Und es kam kein Brief, wie sehr auch das Jahr vorschritt. Im Frühling hatten sie den Sohn erwartet, jetzt färbten sich die ersten Blätter im Laubwald gelb, und er war nicht gekommen. Lange schon hatten die Eltern an einen Bekannten geschrieben, der auch in jener Stadt lebte, in der ihr Sohn zuletzt gelernt hatte. Dieser konnte nur berichten, daß der junge Mann im Frühling aus der Stadt verschwunden sei, wohin, das wisse man nicht.

Nun, da der Vater nichts mehr dem geliebten Kinde schicken durfte, die Mutter keine Überraschungen mehr vorbereiten konnte, erschien beiden das Leben so schal, so leer. Der Vater entdeckte eines Tages, daß er zu hinfällig geworden sei zur Arbeit, die Mutter saß oft nächtelang und weinte. Als sie in einer Nacht wieder so dasaß, richtete sich ihr Mann im Bette auf und sagte mit ruhiger Stimme: »Siehst du jenen Stern, der zum Fenster hereinblickt? Eben träumte ich, eine Lichtgestalt, deren Antlitz in eben solchem Glanze strahlte wie jener Stern, sei an mein Bett getreten und habe mir gesagt: dein Sohn muß jetzt bei mir leben, aber er lebt, und ihr werdet ihn wiedersehn!«

Die Frau umklammerte die Hand des Mannes und ließ sich den Traum noch zweimal erzählen. Das war um die Zeit der langen Nächte.

Als die Tage dann anfingen, länger zu werden, schien es fast, als schliche sich mit dem zunehmenden Licht eine wachsende Hoffnung in die gequälten Herzen.

Immer stärker wurde die Sonne, die Knospen schwollen an den Bäumen, die Buchfinken schmetterten des Morgens um die Wette mit jauchzender Lust. Das Passahfest stand vor der Tür.

Eines Morgens, als die Eltern gerade die vorgeschriebene

Andacht verrichtet hatten, geht die Tür auf: ein Mann steht da. »Sohn!« Ein zweifacher, jubelnder, fast verzweifelnder Aufschrei. Er liegt auf den Knien und drückt die Hände der beiden Eltern an seine Stirn. Dann wird er sanft in ihre Umarmung hinaufgezogen. »Liebe Eltern«, kaum hat er's gesprochen, da stürzen ihm die Tränen der Freude aus den Augen und die Bewegung erstickt seine Stimme.

Und nun ein Fragen, ein Erzählen und immer wieder ein warmes, halb bangendes, halb erlösendes Fragen. »Wie schön er ist«, denkt immer wieder die Mutter. »Wie männlich, wie weise«, tönt es in der Brust des Vaters. Und dann kommt die schwerste und bängste Frage, zu der das Herz seine ganze Kraft hernehmen muß. »Wo warst du in dem letzten Jahr, warum hast du uns nicht geschrieben, nicht ein einziges Mal?« Klar und warm antwortet der Sohn. Viele Meister habe er kennen gelernt, um das zu lernen, was er sich vorgenommen. Ein großer Meister aber habe ihm noch gefehlt. Den aber konnte er nur in der Einsamkeit finden. »Fern mußte ich sein, liebe Eltern, wo des Tags die Blumen und des Nachts die Sterne mit mir sprechen konnten. Nichts durfte ich hören von der äußeren Welt, wenn ich diese Sprache verstehen wollte.« »Und hast uns so ganz verlassen?« Ein schmerzvoll, halb vergebender Vorwurf. »Um euch für alle Zeit noch näher zu sein!«

Das Passahfest kommt. Die stärkste Bewegung des Wiedersehens ist verebbt. Der Stolz des Vaters verlangt sein Recht. Am Morgen des ersten Passahtages fragt er: »Sohn, wirst du heute in der Gemeinde sprechen über das, was du gelernt hast?« »Ich werde sprechen, lieber Vater, über alles, was ich gelernt habe.« »Über alles, was du in den vielen Jahren gelernt hast?« »Ja und nein, lieber Vater.« Ein Zweifel, drohend und kalt, erfaßt den Vater. »Hast du so wenig gelernt, daß du in einer Stunde über alles sprechen kannst?

Sohn, Sohn, w a s hast du gelernt?« »Lieber Vater, ich habe mit großer Mühe das erste Kapitel vom ersten Buche Moses gelernt.« Der Greis sinkt in sich zusammen. »Das erste Kapitel ...« stammelt er: »Und dafür all meine Arbeit, all unser Sehnen ... Das Geld ... das Geld ... Und dies Zeugnis, das gute Zeugnis – Sohn«, er reckt sich auf, drohend, gierig horchend – »Sohn, treibe keinen frevlen Scherz mit mir, ich frage dich, w a s hast du gelernt?« Der junge Mann erblaßt und errötet, aber sein Auge leuchtet mild. Leise und ruhig spricht er zum Vater: »So laß mich dir heute abend antworten, heute mittag aber will ich sprechen in der Gemeinde.«

Der Vater hat Mühe, aufrecht zu schreiten, als er in das Gemeindehaus geht, die Mutter geht still neben ihm. All ihr Sinnen ist bei dem Sohn, der vorausgegangen ist. Und immer lächelt's in ihr: »Wie schön er ist.«

Die Gemeinde ist versammelt. Der junge Mann ergreift das Wort. »Ich werde sprechen über das erste Kapitel des ersten Buches Mose.« Und er spricht in klaren feurigen Worten über den ganzen Verlauf der Schöpfungsgeschichte. Er spricht anders, als man's gewohnt ist, und eine ungewöhnliche Wärme entströmt den Sätzen so, wie er sie zusammenfaßt. Der Vater fühlt, wie es ihm leichter wird im Gemüt. »Nein, der kann wahrlich seine Zeit nicht verloren haben.« In der Mutter lächelt das ganze Herz.

Nun ist die Übersicht beendet. Jetzt harrt man der sittlichen Anwendung des Gegenstandes in der Behandlung. »Und jetzt will ich sprechen über das erste Wort im ersten Kapitel des ersten Buches Mose.« Alles richtet sich in die Höhe vor Staunen. Der Vater erschrickt. Die Mutter sieht im Traum ein ganzes Meer von Sonnenlicht. Und er spricht noch gewaltiger, noch eindringlicher. Er enthüllt der atemlos horchenden Menge, wie man das Wort der Schrift erst lesen lernen müsse. Welche Geheimnisse in jedem einzelnen Wort verborgen seien, wenn man den Seelenschlüssel dazu kennt. Eine ganze Geschichte von den Taten der Gottheit sei in jedem einzelnen dieser Worte verborgen. Und er erzählt die Geschichte des ersten Wortes. Da ist kein Schelten, keine Ermahnung: nur Weisheit. Und die Gemeinde fühlt, wie sie besser wird und reiner beim Anhören dieser Weisheit.

»So will ich euch auch über die anderen Worte sprechen, so will und kann ich euch erzählen, liebe Brüder, über die Wunder des ersten Kapitels der Schöpfungsgeschichte, bis ich als Greis ins Grab sinke. Und andere werden nach mir kommen, die über dieselben Worte immer noch Neues zu sagen haben. Und über ganz andere Worte werden sie noch sprechen, von denen ihr jetzt noch nichts wißt.«

Als die Gemeinde heimging, fühlte jeder Teilnehmer der Versammlung, er trage in seiner Seele einen Keim, aus dem eine wunderbare Blüte kommen wolle.

Der betagte Rabbiner des Ortes sprach an jenem Tage kein Wort. Um seine Lippen schwebte ein eigenartiges Lächeln. Es spiegelte sich in diesem Lächeln etwas wie wehmütige Dankbarkeit und etwas, was aus den Tiefen seiner Seele in Worten sprach, die er nicht zu fassen vermochte. Erst Monate später, in seiner Sterbestunde, erkannte er, selig erschauernd, daß es der feurige Wunsch war, noch einmal jung zu werden.

Die Mutter konnte abends den Blick nicht von den Sternen wenden. Der Vater aber sagte, als es ganz dunkel geworden war, zu seinem Sohn: »Jetzt weiß ich, was du gelernt hast, und wer dich gelehrt hat: Gott aber sei Dank, der mich zum unwürdigen Diener deines Lernens machte.«

Hier schwieg der Erzähler, seine Augen waren ganz groß und wie von innerer Glut brennend geworden. Er schulterte seinen Sack, nickte und ging weiter mit langsamem, schwankendem Schritt. Wir schauten ihm stumm nach, bis er verschwand. Hatte wirklich ein alter Jude zu uns gesprochen? Wußten wir so genau, daß jener ein Jude war und wir wirkliche Christen? Ehrfurcht wuchs aus dem Herzen in den Kopf, daß dieser willig sich senkte. So ging jeder von uns auf seinem eigenen Weg nach Hause.

KÖNIGSLEGENDE

Im Lande Saba lebte ein Weisheitslehrer, dessen Ruhm in allen Ländern der alten Zeit verbreitet war. Immer wieder und wieder kamen Schüler zu ihm, um sich in die Tiefen der Weltengeheimnisse einführen zu lassen. Vor vielen, vielen Jahren war es nun, daß eine ganz besonders große Schar von Schülern und Wißbegierigen sich im Hause dieses Lehrers versammelt hatte. Sie waren gekommen, um in der Zeit der längsten Nächte des Jahres eine ganze Reihe von Tagen, vielleicht sogar von Wochen im Hause des geehrten Lehrers zuzubringen. Es war nämlich in allen Ländern die Kunde verbreitet worden, daß dieser Lehrer nunmehr in einer besonderen Unterweisung die Summe alles Wissens der alten Weisheitsstätten übergeben werde.

Da hatten sich auch Leute auf den Weg gemacht, denen es wahrlich schwer genug wurde, zu wandern. Blinde waren ausgezogen, die sich von ihren Freunden führen lassen mußten, Taubstumme, die nirgend nach Herberge und Weg fragen konnten, ja sogar ein von Kindheit an verkrüppelter Mann hatte sich nach dem Lande Saba hintragen lassen.

Als die längste Nacht des Jahres herankam, sprach der Weisheitslehrer also zu den Dienern in seinem Hause:

»Ihr Getreuen, die ihr mir immer gut gedient habt, rüstet mir für heute abend die Tafel und die Sitze in dem großen Saal des Hauses. Dann aber geht ein jeder in das Haus eurer Anverwandten. Ihr möget dort ein Fest feiern, zu dem ich jedem von euch ein Geschenk machen will. Feiert es in aller Freude, aber kommt erst am Morgen des nächsten Tages wieder. Denn wisset, heute ist der Abend, an welchem nur der S o h n dienen kann.«

Die Diener und Knechte wunderten sich zwar über das, was ihr Herr zu ihnen sprach; da ihnen aber so gute Gaben geboten wurden, und sie überdies gewohnt waren, ohne Widerrede zu gehorchen, taten sie, wie ihnen befohlen war. Der Weisheitslehrer aber ließ seinen eigenen Sohn, einen zwölfjährigen Knaben zu sich kommen und sprach zu ihm:

»Du wirst heute unser einziger Diener sein.«

Nur wenige Anweisungen gab er sonst dem erstaunten Knaben.

Als der Abend voll heraufkam, versammelten sich alle Gäste in dem größten Raum des Hauses. Sie nahmen ihre Sitze an der großen Tafel ein, an deren oberstem Ende der Weisheitslehrer selber einen erhöhten Platz hatte. Der Knabe trug zunächst einige Erfrischungen auf. Nachdem aber die Gäste also bewirtet waren, verstummte immer mehr und mehr unter ihnen das Gespräch. Es schien, als ob nun alle auf das Wort des Weisheitslehrers warteten. Dieser erhob sich von seinem Sitze und wollte sich gerade anschicken, die feierliche Rede an seine Schüler und Gäste zu richten, als sich ein ihm zunächst befindlicher fremder Pilger noch zu ihm wandte und ihm ein Wort zuflüsterte. Der Weisheitslehrer konnte das Wort nicht verstehen. Er neigte sich zu seinem Gaste und fragte ihn. Jener wiederholte das Wort, doch abermals konnte der Lehrer nichts verstehen. Da neigte er sich zu einem andern der Gäste und fragte ihn, ob er ihm nicht sagen wolle, was jener meinte. Der Angeredete schien etwas zu erklären. Wie erschrak aber der Weisheitslehrer, als er merkte, er könne nichts von dem, was gesprochen wurde, hören. Er sah nur, wie die Lippen des Sprechenden sich bewegten. Betroffen, ja bestürzt setzte er sich wieder hin, und ein tiefes, fast schmerzvolles Schweigen breitete sich über den Raum aus. Alle der Anwesenden dachten das gleiche. Aber niemand hätte gewagt, zu fragen: Warum redet er nicht, warum ist dieser Mund, der uns die höchste Weisheit kündete, in der feierlichsten Stunde verstummt?

Der Knabe war von tiefstem Mitfühlen ergriffen. Was er aber sah, erfüllte ihn mit so geheimnisvoller Scheu, daß er nicht mochte neugierig und müßig dabei stehen bleiben. Er schlich sich leise aus dem Saale hinaus und tastete sich durch die Tür dem dunklen Hofe zu.

Wie erstaunte er, als er auf den Hof hinauskam. Sein Blick wurde gleich zum Himmel hinaufgezogen. So hell hatte er diesen noch nie zur nächtlichen Zeit gesehen. Dabei schien aber nicht der Mond, und es standen auch nur wenige Sterne am Himmel. Er wußte nicht, woher der wundersame Glanz kam.

Während er noch so hinaufstaunte, hörte er plötzlich durch die Nacht ein Geräusch, wie von stampfenden Pferdehufen. Als er näher hinsah, erblickte er ein seltsames Bild. Er sah den König von Saba auf weißem Pferde sitzend, eingehüllt in seinen roten Königsmantel, des Weges daher reiten. Mit ihm ein zahlreiches Gefolge, dann der Troß, dann die Saumtiere, welche schwer beladen schienen. Am Hause des Vaters kam der Zug vorbei. Des Königs Angesicht schimmerte golden, wie es der Knabe nie zuvor gesehen. Und sonderbar, immer wenn einer der Steine, die auf der Straße lagen, von einem Pferdehuf berührt wurde, klang es in die Nacht hinaus, wie ein heilig inniges Musizieren. Es war, als ob die Steine dem König ein himmlisches Geleitlied sangen. Bald verschwand der Zug in der Ferne.

Aber, o Wunder, die Straße, auf der der König dahingezogen war, erschimmerte nun selber in lauter Gold. Und der Glanz wollte gar nicht verblassen, sondern strömte wie ein goldner Strom zum Himmel auf. Und immer heller und heller wurde die Nacht. Da vermochte es der Knabe gar nicht mehr auszuhalten. Ihm war, als solle er gleich dieses Wunderbare seinem Vater sagen, und als müsse das alles seinen Vater gesund machen.

Rasch riß er sich von dem herrlichen Anblick los und wandte sich wieder der Tür zu. Und wieder prallte er beinahe vor Erstaunen zurück. Was für Wunder geschahen in dieser Stunde? Der Feigenbaum am Eingang des Hauses, der noch am Nachmittag dürr und winterkahl dagestanden hatte, sproßte auf einmal in frischestem Grün. Klopfenden Herzens brach der Knabe einen Zweig vom Baum. Dann trat er ein. Noch immer lagerte das Schweigen über dem Raum, aber es war, als habe es sich mit einer innerlichen, feierlichen Helligkeit durchtränkt. Etwas von dieser schweigenden Helligkeit lag als Abglanz auf dem Gesichte des Vaters. Noch nie hatte der Knabe das Auge dieses Mannes, der die Güte und die Milde selber war, so gütig und so mild gesehen. Er trat jetzt auf ihn zu und reichte ihm wie auf inneres Gebot den frischen Zweig. Da erhob sich der Vater. Und als der Weisheitslehrer aufstand, erhoben sich mit ihm alle, die da gekommen waren, sein Wort zu hören.

Aber noch ehe der Weisheitslehrer seine Hand erheben konnte, um das Zeichen zu geben, geschah etwas Merkwürdiges.

Der Taubstumme, der ohne Frage nach Herberge und Weg so weit hergewandert war, sprach plötzlich mit klarer, weithallender Stimme:

»Im Urbeginne war das Wort.«

Und der Krüppel, welcher sein Nachbar war, stand plötzlich mit geraden und gesunden Gliedern da und setzte fort:

»In diesem war das Leben.«

Und von dem anderen Ende der Tafel, wo der Blinde stand, kam es herüber wie jauchzende Befreiung:

»Und das Leben war das Licht der Menschen.«

Erschüttert lauschte der Weisheitslehrer. Es waren die ersten Worte, die er wieder vernehmen konnte. Es schien ihm aber, als ob in dieser Stunde ein einziges, großes, unaussprechliches Wort sein eigen Herz, den ganzen Raum und die ganze Erde durchhallte. Da löste sich das Band seiner Zunge. Und er sprach:

»Liebe Brüder, von diesem Augenblicke an hören alle Mysterien der alten Zeit auf. Was ihr jetzt in einem einzigen Augenblicke vernommen habt, ist mehr, als sieben Jahre höchster Weisheitslehre euren Herzen und Sinnen je vermitteln könnten. Es wird von nun ab die Erde erfüllen. Was ich euch noch zu sagen habe, ist in einem Menschen-Atemzuge gesagt. Nehmt es wie einen Gruß der alten Zeit, die nun für immer vergangen ist, an die neue Zeit, die nimmer vergehen soll. Nehmt es und tragt es in die Welt hinaus, der heute das neue Licht geboren ist. Und indem er in einem neuen, noch nie gesehenen Zeichen seine Arme verschränkte, rief er mit heller, klarer Stimme:

»Im Wort,
wie es war
und sein wird
und ist,
all Erdengeheimnis
beschlossen ist.«

Mit dem Knaben zusammen gingen die tief ergriffenen Gäste auf den Hof hinaus, während sich der Weisheitslehrer mit stillem Gruß in sein Gemach zurückzog.

»Seht, seht«, rief der Knabe.

Am Himmel stand jetzt ein Stern, wie ihn noch nie ein Menschenauge erblickt hatte. Er war fast so groß wie eine

Sonne und überstrahlte alle anderen Gestirne. Nicht als ob er ihren Glanz verdrängen wollte, sondern es sah so aus, als hätten sie sich alle in den Fittichen seiner Strahlen geborgen.

Das war der Weihnachtsstern, den der König von Saba von seinem erhöhten Berge aus schon früher gesehen hatte, und dem er nachgeritten war auf der klingenden und golden erschimmernden Straße.

In stummer, seliger Freude verabschiedeten sich alle Gäste voneinander und zogen die goldene Straße entlang nach Nord und Süd, Ost und West.

Von dem Weisheitslehrer schweigt die Geschichte. Jener Knabe aber, der alle diese Geheimnisse als der Sohn erlebte, der in dieser Nacht allein dienen durfte, schrieb alles, was er hörte und sah, auf ein kostbares Pergament, welches er in eine goldene Kapsel tat. So kam diese Geschichte von Geschlecht zu Geschlecht. Und es ging die Sage: niemand könne auf Erden ein wahrer König sein, der das Geheimnis der kostbaren Kapsel nicht im Herzen trage.

DER BETTLER

(Aus dem Leben der heiligen Elisabeth)

So frommen Herzens war Elisabeth, daß ihr die Gebete noch nicht Genüge taten, welche sie in ihrem stillen Gemache sprach. Sie pflegte daher, morgens frühe, oft noch zu halb nächtiger Zeit aufzustehen, um in die Messe zu gehen.

Einmal ging sie, obwohl ihr Gemahl sie zurückhalten wollte, in den dunklen, nassen und kalten Spätherbstmorgen hinaus. Da sie es verschmähte, eine Begleiterin mitzunehmen, auch kein Windlicht in der Hand trug, konnte sie sich nur mühsam in der Dunkelheit vorantasten. Wie sie so schritt, war es ihr immer, als spräche eine Stimme in ihrem Innern: Sieh zu, daß du nicht fällst, sieh nur zu, daß du nicht fällst.

Als sie in die Nähe der Kirche gekommen war, riß für einen Augenblick der dunkle Himmelsflor, und einige Sterne blickten auf die trübe Welt herab. Aufatmend schaute Elisabeth zu ihnen hinauf. Im nächsten Augenblick, sie wollte gerade den Fuß auf die erste Stufe der Kirchentreppe setzen, schrie sie leicht auf. Sie war hingestürzt über ein dunkles Etwas, das sich zu ihren Füßen wie ein scheußlicher Klumpen zusammenballte. Rasch richtete sie sich wieder auf. Da sah sie, daß zu ihren Füßen ein Mensch lag, der sie mit greulich entstelltem Gesicht und beißendem Blick, fast wie ein wildes Tier anschaute.

Das war ein elender, äußerlich und innerlich zerlumpter Bettler, der sich den Sommer über noch kümmerlich vom Stehlen ernährt hatte, jetzt aber wie ein räudiger Hund von den Türen gewiesen wurde. So viel Haß hatte er gefaßt gegen diese hochmütigen, kalten Menschen, die ihn immer von sich jagten und doch fortfuhren, tagein, tagaus in die Kirche zu gehen, daß er beschlossen hatte, sich an ihnen zu rächen. Vor ihren Füßen wollte er Hungers sterben. Ihre Seele sollte sich vergiften an seinem Tod.

Elisabeth rief rasch aus der Kirche einige Menschen herbei. Denen gab sie Befehl, diesen elenden Bettler sogleich in das Spital zu schaffen, wo er auf ihre Kosten gesund gepflegt werden solle.

Nun wohnte sie noch der Messe bei. Aber es wollte an diesem Morgen die volle Andacht nicht in ihr Herz kommen. Aufs innerste bekümmert verbrachte sie den Tag, und selbst als der Abend im Sternenglanze heraufzog, wurde ihr nicht leichter zu Sinn. So viel hatten ihr sonst die Sterne zu sagen. Sie sangen ihr Lieder, die wie ein holder Nachklang waren aus fernen Kindertagen im zauberhaften Ungarlande und noch von einer anderen Heimat, deren Namen sie nicht mehr kannte. Heute blickten die Sterne stumm, ja sie schienen ihr vorwurfsvolle Blicke zu senden. Und als sie sich am späten Abend nach einem kurzen Gespräch mit ihrem Gemahl in das feine Linnen hüllte, wogte und wellte immer wieder und wieder ein Wort um sie herum. Die ganze Nacht blieb dieses Wort da. Man konnte es nicht hören wie andere Worte. Jede Silbe, jeder Laut davon war ein Schmerz. Am anderen Morgen, als sie aufwachte, konnte sie es plötzlich aussprechen.

»Für jeden Menschen, der zu hoch in die Sterne hinaufschaut, muß ein Bruder tief im Erdenschlamme gehen.«

Das war das Wort, welches um Elisabeth gewacht und sie zuletzt geweckt hatte. Ihr erster Gedanke galt dem Bettler.

Gleich am Morgen schickte sie einen Boten ins Spital hinab, um zu fragen, wie es wohl dem Bettler ergehe. Der Bote kam in einer halben Stunde zurück.

»Es geht ganz gut, hat der Arzt gesagt, und er wolle alles tun, den Kranken recht zu pflegen.«

Da beruhigte sich Elisabeth wieder und verbrachte die nächsten Tage in dem gewohnten heiteren und gütigen Gleichmaß ihrer Seele. Als aber eine Woche nach dem Morgen vergangen war, wo sie den Fall vor der Kirchentür getan hatte, schickte sie wieder einen Boten ins Spital. Der kam zurück und sprach:

»Es geht ziemlich gut, hat der Arzt gesagt, und er wolle alles tun, dem Kranken das Leben zu retten.«

Elisabeth verwunderte sich dieser Rede. Eine Woche lang wurde der Bettler nun schon im Spital verpflegt, und jetzt schien es ihm eher schlechter, als besser zu gehen. Er mußte doch noch elender und mehr entkräftet sein, als sie sich vorgestellt hatte. Aus einem feinen Beutelchen langte sie ein Goldstück, gab es dem Boten und sprach:

»Flugs gehe wieder zum Spital hinab und sage dem Arzt, er solle den Bettler pflegen, als ob es ein Fürstensohn wäre; auch soll er noch den Rat einholen des berühmten Arztes aus Salerno vom Lande Italia, der sich gegenwärtig gerade auf der Wanderschaft in unserem Lande befindet.«

Der Bote richtete den Auftrag treulich aus. Der Arzt besprach sich mit dem Wundermann aus Salerno. Er tat, wie ihm geraten und geheißen wurde, und tat noch mehr. Als aber nach einigen Tagen Elisabeth abermals bei ihm anfragen ließ, konnte er nur antworten:

»All unsere Kunst ist umsonst. Dem Kranken geht es nicht besser; er kann nicht mehr zu Kräften kommen.«

Das tat Elisabeth gar herzlich leid. Und da sie selbst einmal diese rätselhafte Krankheit anschauen wollte, für die alle Gebete zu leicht waren, die sie täglich zum Heile des elenden Bettlers gen Himmel geschickt hatte, entschloß sie sich zu dem, was bis dahin noch keine der Frauen des landgräflichen Hofes getan hatte. Sie tat einen schlichten Mantel um und ging selber in das Seuchenhaus. Nun saß sie am Lager des Kranken. Ganz abgehärmt und vom bittersten Kummer durchfurcht war sein gelbes, welkes Gesicht. Sein Auge flackerte erst unruhig hin und her und schien weit fortgerichtet zu sein. Plötzlich blieb es mit einem Ausdruck ganz unbekannter Güte und unnennbarer Ruhe auf Elisabeth haften.

»Du bist sehr schwer krank?« sagte die Landgräfin mit lieber Stimme.

Der Bettler schwieg. Der Ausdruck seines Gesichtes schien sich für einen Augenblick wieder zu verhärten.

»Fehlt dir noch etwas, was du nicht sagen kannst?« fragte die Landgräfin weiter.

Der Bettler schwieg. Der rote Streifen auf seiner Stirn sah so brennend aus.

»Kann ich etwas für dich tun?« fragte jetzt Elisabeth ganz gütig und leise und legte ihre Hand auf die zusammengekrampfte Rechte des Kranken. Der Bettler schwieg noch immer, aber eine unergründliche Erwartung ging jetzt in seinem Blicke auf. Dieser Ausdruck verwandelte sich nicht mehr, so viel auch Elisabeth weiter forschte und fragte.

Indem sie das Zeichen des Kreuzes machte, trat sie endlich von dem Bette des Kranken zurück. Sie schaute noch einmal kopfschüttelnd hinüber. Dann gab sie dem Arzt noch eindringlichere Anweisung, ja alles zu tun, um diesem Kranken das Leben zu erhalten.

»Viel ist nicht mehr da«, sprach sie, »aber erhältst du ihm das Lebensfünklein, ich will dir von meinen besten Juwelen dafür geben.«

»O Herrin, Tag und Nacht soll alles geschehen, was durch Menschenkunst geschehen kann.«

Wieder vergingen einige Tage. Als Elisabeth sich nunmehr erkundigte, wurden ihr erfreuliche Worte zurückgebracht.

»Dem Kranken ist es in diesen Tagen ein wenig besser ergangen, spricht der Arzt.«

Elisabeth atmete auf. Nun endlich kommt die Kunst des Arztes zu ihrem Recht, nun endlich haben die langen Gebete geholfen. Jetzt kann es noch gut werden.

Wie schnitt es ihr aber ins Herz, als sie nach dreien Tagen auf weiteres Nachforschen die Nachricht erhielt: »Dem Kranken geht es so schlecht, wie je zuvor.«

Noch einmal ging Elisabeth in das Spital hinab. Wieder saß sie am Lager des Bettlers, wieder ruhte Blick in Blick.

»Du bist noch sehr schwer krank?« sagte die Landgräfin.

Der Bettler schwieg. Sein Gesicht verzerrte sich.

»Gewiß fehlt dir noch etwas, was du nicht sagen kannst?« fragte die Landgräfin.

Der Bettler schwieg. Der rote Streifen auf seiner Stirn glühte wie eine eben geschlagene Wunde.

»Kann ich etwas für dich tun?« fragte Elisabeth mit einer Stimme, in der kaum noch Hoffnung war. Da ging es über das Gesicht des Kranken wie ein junger Sonnenaufgang. So viel aber auch Elisabeth weiter forschte und fragte, sie erfuhr nichts mehr.

Als sie sich diesmal von dem Arzte verabschiedete, der in gebückter Haltung, gesenkten Blickes und mit verschränkten Händen dastand, sprach sie:

»Und wenn ich dir meinen Verlobungsring dafür geben sollte, mach mir nur diesen Kranken gesund.«

Aber der Arzt blickte nicht mehr auf.

In der folgenden Nacht geschah etwas Seltsames. In einem langen, inbrünstigen Gebet, in das sie die Worte ihrer frühesten Kindheit stammelnd mit hineingab, wandte sich Elisabeth zu dem Helfer, der über den Sternen wohnt. Da hörte sie im Traume der Nacht eine erhabene Stimme, die in aller Milde und doch mit mahnendem Ernste also sprach:

»O Elisabeth, was helfen deine langen Gebete, was hilft alles Pflegegeld, was helfen die kostbaren Arzneien des Arztes! Weißt du denn nicht, daß des Menschen wahre Arznei nur der Mensch ist? Durch niemand kann der Kranke gesund werden, als nur durch dich selbst!«

Elisabeth vernahm die Rede. Sie erschütterte ihr das Herz. Und als sie am nächsten Morgen aufwachte, war sie wacher, denn je im Leben. Noch bevor es ganz Tag wurde, eilte sie hin zum Spital. Nun fragte sie nach nichts mehr. Überströmenden Herzens ergriff sie die Hand des Bettlers und hielt sie in ihren Händen, wohl über eine Stunde lang. Dann ging sie, ohne dem Arzte etwas zu sagen. Am nächsten Morgen kehrte sie wieder. Und so tat sie Tag für Tag. Dieser Gang war lange Zeit ihr einziger Kirchgang. Wenn sie am Bette des Kranken saß, ließ sie die hohen Worte der heiligen Handlung unhörbar durch ihre Seele strömen. Und nichts fehlte in diesem Gottesdienst: nicht das eherne Glockenläuten und nicht der verhallende Lobgesang. Im Herzen des Bettlers erhob sich das eine, auf seinen Lippen verhauchte der andere.

Und siehe, obwohl der Kranke in diesen Tagen alle Arznei verschmähte und kaum Nahrung zu sich nahm, ein Wunder wurde an ihm offenbar. Was keine Arznei und keine ärztliche Kunst zu vollbringen vermocht hatte, das vollzog die stumme, heilende Gegenwart der Menschenschwester Elisabeth. Bald war der Bettler völlig genesen. Er blieb als Knecht und Bote im Spital.

Elisabeth aber sagte:

»Im schönsten Gemach des Sternen-Himmelspalastes dort oben kann doch mehr Liebeslicht nicht sein, als in dem kleinsten Raume meines Spitals. Nennet mich nie mehr Herrin, noch Landgräfin. Die Schwester vom Spital will ich von heute ab heißen!«

Voll reinen Dankes gedachte an jenem Tage Landgraf Ludwig der Hochzeitsstunde. Unter den Armen und Elenden aber ging seit jener Zeit wie die kostbarste Arznei ein neuer Name. Bis in die elendeste aller Hütten war ein heimliches Raunen von der »heilenden Elisabeth«.

STERNENRÖSLEIN

Es war einmal eine wunderschöne Königstochter, die hatte ein schweres Vergehen begangen. Trotz des wiederholten Verbotes ihrer Eltern hatte sie sich in deren Schlafgemach geschlichen, wo das Hochzeitsgewand des Vaters hing, das ganz aus Sonnenstrahlen gewebt war.

Da gewannen zwei böse Zauberer Macht über sie. Der eine sprach: »Jetzt verwandle ich dieses Mädchen in das Kräutlein Schaumichnichtan, das auf den höchsten Bergen des Landes in einer Felsspalte wächst, in die nur einmal im Jahr ein Sonnenstrahl fällt!« Der andere aber sagte: »Nein, ihre Strafe muß härter sein und gerechter. Sie verwandle sich in einen Rosenstock in der Hecke von roten Rosen, die sich zu beiden Seiten der goldenen Straße hinzieht, welche zu des Königs Schloß führt. Dieser Rosenstamm soll Rosen tragen, denen das Siegel der Erlösung aufgeprägt ist. Wer es findet, dem sollen Königstochter und Königreich gehören.«

Der erste Zauberer gab sich zufrieden, und so geschah, was der zweite sagte.

Der König und die Königin waren sehr traurig, als ihre schöne Tochter verschwunden war. Der König benetzte sein Hochzeitsgewand mit heißen Tränen. Da spielte es in den Sonnenstrahlen wie feine Melodien, und es war, als ob etwas sänge:

Weil ich nicht Ehrfurcht hatt',
bin ich im Bösen,
doch wer das Staunen kennt,
kann mich erlösen!

Der König hörte diese Worte, die ganz leise gesungen wurden, mit so stark klopfendem Herzen, daß alle Worte übertönt wurden und nur die Gewißheit blieb, seine Tochter müsse irgendwo zu finden sein.

Er schickte nun Boten über das ganze Land. Er ließ alle Weisen des eigenen Landes und manchen großen Ratgeber in den fremden Ländern um Rat fragen. Man suchte überall, selbst in den entlegensten Gebirgswinkeln. Man suchte bei Tag und Nacht. Man suchte Jahr um Jahr.

Auf der goldenen Straße aber ging nach wie vor das große, bunte Treiben. Alljährlich blühten die herrlichen Rosen. Jedermann rühmte ihre Schönheit, ihren Duft.

»Sie sind königlich gleich uns«, sprachen der König und seine Frau.

»Sie sind ein ganzes Meer von lächelnden Mädchenlippen«, sagten die Hofleute mit der leichtgeschürzten Sprache.

»Alle Jahre bleibt sich die Schönheit des Himmels gleich«, sagte mit Salbung der Priester, dessen Blick die Rosenhecken hie und da wohlwollend streifte, wenn er vom Mahl auf dem Königsschloß kam.

Die Kaufleute, die feines Rosenöl bereiteten, hörten das Gold in ihrer Tasche klingen, wenn sie die reiche Pracht abschätzend musterten. Die Gelehrten waren stolz, die Gattung der Rosen schon auf Entfernung bestimmen zu können. Die Landleute sagten: »Ach ja, wer's so haben kann! Aber eine Brombeerhecke tut auch ihre Dienste!«

Die Dichter wurden von dem Duft und Glanz der Hecke gleich in die Wolken emporgehoben, die Künstler bildeten sie nach in Form und Farbe. Und nicht nur alle Stände waren sich im Ruhm dieser Rosen einig. Alle Lebensalter ergötzten sich an ihnen. Die Alten dachten wehmütig an ihre Jugend, die Jugend erglühte im Feuer ihres eigenen Herzens, wenn sie die Rosen sah.

Das arme Königskind aber trauerte in der Hecke Jahr für Jahr als ein in der Schönheit begrabener Rosenstamm. Und wenn nach den herrlichen Sommernächten alle Rosen des Morgens in Tränen dastanden ob der unermeßlichen Geheimnisse der Nacht, trugen die Rosen dieses Stämmchens besonders große schimmernde Tränen. Die Menschen nannten das Tautropfen.

Nach dem Königskind wurde noch immer gesucht, aber nicht mehr mit solcher Bewegung. Der König zog sich immer mehr und mehr zurück. Da gründeten seine Hofleute zur Erledigung der Aufgabe des Suchens ein Amt mit Vertretungen in fernen Ländern.

Alles war hübsch nach Regeln geordnet. Und hatte solch ein Beamter die täglich vorgeschriebene Zahl von Bodenruten abgegrast, dann legte er sich auf seinen dicken Bauch und schnarchte. Die meisten wußten übrigens überhaupt nicht mehr, was sie suchten. Einige kamen darauf, der Name der Königstochter könnte wohl eine fremdländische Bezeichnung für ihre eigene Altersversorgung sein. Diese legten sich nur auf einen bestimmten Fleck nieder und wechselten die Rückenlage mit der linken und rechten Seitenlage und schmunzelten breit in den blauen Tag hinein.

Der Schmerz der königlichen Eltern war in eine entsagungvolle Trauer übergegangen. Die Königin alterte und starb vor Gram, als einst im Herbst die letzten Blätter fielen. Der König wurde noch stiller: trauriger als er war, konnte er schier nicht mehr werden. Doch ließ er nun noch ein Gebot hinausgehen, in seinem ganzen Lande solle, solange er lebe, keine Glocke mehr geläutet, kein Fest mehr gefeiert werden. Das Hochzeitsgewand hatte nie mehr geklungen.

Einmal im Winter mußte der König eine Fahrt über Land machen. Er wurde im Wald von einem Schneegestöber überrascht. Immer dichter und dichter wehten die weißen Schleier heran. Da gab es kein Weiterkommen, er war froh, in einem Hüttlein am Wegessaum Unterkunft zu finden. In diesem Hüttlein lebte eine arme Holzhauerfamilie. Die Frau war kränklich, der Mann nicht mehr jung. Sie hatten ein Kind, das schmächtig aussah und verträumte Augen hatte. Der König war zu erschöpft, um sich lange umzusehen, nur der Blick dieser Knabenaugen schnitt ihm tief in die Seele. Er verlangte bald nach einer Ruhestatt und legte sich schlafen. Die Leute im Hüttlein nahmen ihn schlicht und freundlich auf. Niemand ahnte, daß er der König sei. Er trug einfache Kleider wie die ärmeren Edelleute des Landes. Auch sein treuer Diener, der seit Jahren mit ihm trauerte, verriet nichts: er blieb in der Scheuer, wo Pferde und Schlitten untergebracht waren.

Dem König aber träumte gar eigen. Ihm war, als würde er noch einmal in den Schneesturm hinausgerissen, als zerfetzte ihm das Wetter Bart und Kleid. Dann aber fühlte er sich wie von weichen weißen Schwingen emporgetragen und als bewegten sich diese Schwingen im Takte eines wundersamen Liedes, das von Tausenden und aber Tausenden von Sternen am Himmel gesungen wurde. Immer lauter wurde der herrliche Gesang. Das Herz begann im Jubel mitzuschlagen. So stark schlug es in freudiger Andacht, daß die Seele wie von Glockentönen durchströmt ward.

Der König fuhr auf aus dem Traum: »Wer läutet da, wer singt?« Mit aufgerissenen Augen starrte er in ein nie gesehenes Bild.

Vor einem Tischlein in der Ecke des Zimmers standen Arm in Arm verschlungen die Holzhauerleute mit ihrem Sohn. Auf dem Tischlein erhob sich aus einem Glase ein Tannenzweig, an dem ein Kerzlein flackernd brannte. Am Zweige war oben ein fünfzackiger Stern befestigt. Um das

Glas lag ein Kranz kleiner seltsamer Blumen, von denen ein wundersamer Hauch ausging.

»Wer läutet da, wer singt?«

Da wandten sich die Leute um. Der Vater sagte mit friedlichem Gesicht: »Niemand läutet, niemand singt, Herr. Draußen heult der Schneesturm. Hörst du's, wie er durch die Fugen des Gebälks pfeift? Wir aber, Herr, gedenken stumm des Festes, das wir nicht feiern dürfen. Verzeih, daß wir dich gestört haben, wir dachten nicht, daß der Schein des Kerzleins dich wecken könnte.«

»Des Festes?« Der König stand vollends auf, um das Wunder zu erleben. Da erzählte ihm der Holzhauer, daß es doch Weihnachtsabend sei. Lange Jahre schon hätten sie das Weihnachtsfest nicht mehr feiern dürfen: seit der Zeit, da das Verbot des Königs ausgegangen sei, Glocken zu läuten und Feste zu feiern. Aber alljährlich hätten sie der Feste gedacht. Alljährlich hätten sie um die Weihnachtszeit ein Kerzlein angemacht am Zweig. Jedes Jahr nur eines. Denn seit des Königs Verbot herausgekommen war, durften keine Kerzen mehr gemacht werden im Land. Da mußte man die letzten, die gekauft worden waren, andächtig sparsam verbrauchen. In diesem Jahre sei das letzte Kerzlein im Abbrennen. Aber sie zagten nicht, denn wenn kein Kerzlein mehr vorhanden sei, dann sei doch noch da das Kräutlein Schaumichnichtan, das im Jahre nur einmal blühe hoch im Gebirge, wenn am Vorabend des Weihnachtstages die Sonne mit den Geistern der Felsspalten den Gruß der dreizehn Nächte austausche. Der Knabe habe das Kräutlein Schaumichnichtan noch jedes Jahr gefunden. Und legte man dieses Kräutlein in die Stube auf den Tisch, dann leuchte es wie im Sonnengold während der ganzen Dauer der heiligen dreizehn Nächte. Und wer den Duft des Kräutleins Schaumichnichtan einmal geatmet, der vergesse das Weihnachtsfest das ganze Jahr über nicht, wie die meisten Leute tun, und sei das ganze Jahr über gegen Haß und Neid gefeit. Es sei ein gar wundersames Kraut.

Der König hörte in tiefer Bewegung zu. Dann fragte er nochmals leise: »Und habt ihr nicht gesungen?«

»Nein, Herr, wie durften wir dich in deinem Schlummer stören? Jedoch wir dachten still des Liedes, das wir in der Kindheit gelernt.«

Da faßte sich der König heftig ans Herz und nickte leise. Das Kerzlein war abgebrannt. »Dank«, murmelte er. Dann ging er zurück an seine Lagerstätte, legte sich und schloß die Augen. In der Stille aber betete er: »Herz, heb mich noch einmal empor, dahin, wo Seelen und Sterne das Weihnachtslied singen. Leuchte mir auf den Weg, Kräutlein Schaumichnichtan!«

Was der König in der Nacht träumte, das konnte er nicht behalten, aber er wußte, daß ihm beim Aufwachen etwas ins Ohr geraunt wurde. Gleichsam wie mit der Stimme der verstorbenen Königin erklangen die halb gesungenen Worte:

König, teil' dein Brot,
teil es mit den Armen,
und die Mutter Not,
aller Mutter Not,
wird sich dein erbarmen.

Der König konnte diese Worte nicht anders deuten, als daß er die arme Familie zu sich nehmen sollte. Das geschah auch.

Der Holzhauer lebte nunmehr in auskömmlicher Stellung an des Königs Hof. Der schmächtige Knabe aus dem Walde wurde kräftiger, aber eines verlor er nicht: das waren die verträumten Augen. Und auch ein anderes verlor er nicht, so sehr er auch zunahm und wuchs. Er hatte im Walde für seine kranke Mutter zu jeder Jahreszeit allerhand Heilkräuter suchen müssen. Nun war die Mutter gesund, aber den Knaben trieb es immer wieder hinaus zu den Pflanzen.

Wie entzückt war er aber, als an einem Sommermorgen die Rosenhecke an der goldenen Straße aufgeblüht war.

So etwas an Schönheit hatte er noch nicht gesehen!

Und wie sie mich anschauen! rief es in ihm.

Jede einzelne ein Wunder für sich. Jede einzelne ein staunend warmer Sonnenkuß! Ob sie wohl auch Heilkräfte haben? Ja, kann man denn so schön sein, ohne Heilung zu bieten?

Fröhlich griff er in einen Strauch. Ein stechender Schmerz am Finger, Bluttropfen fielen nieder. Ein Rosendorn hatte ihn gestochen. »Ei, du liebes Röslein!« rief er aus, »ist das deine Heilkraft? Aber gemach, auch Menschenblut hat Heilkraft; sieh, es ist so rot wie deine Blüten. Solltest du selbst dich nach Heilung sehnen?« Und er dachte: vielleicht können wir gar einander helfen, vielleicht kann ich etwas geben, vielleicht finde ich hier endlich den Linderungssaft, den ich brauche für den leisen Schmerz, den die Sommersonne immer in meinem Herzen wachruft.

Um dieselbe Stunde weilte der König in seinem Schlafgemach. Und nach langen Jahren fing das aus Sonnenstrahlen gewebte Hochzeitsgewand wieder an zu klingen.

Weil ich nicht Ehrfurcht hatt',
bin ich im Bösen,
nur wer das Staunen kennt,
kann mich erlösen.

Jetzt verstand der König die letzten Worte. Da sank er auf die Knie, schluchzte auf und betete: »So schenkt mir das Staunen, ihr himmlischen Mächte, schenkt mir das Staunen!«

Da klang es noch einmal ganz fein:

Und die Mutter Not,
aller Mutter Not,
wird sich dein erbarmen.

Der arme Knabe aber wandelte, trunken vor Verwunderung, von Rosenstrauch zu Rosenstrauch. Es war in den Morgenstunden, und frischer Tau lag auf den Rosen. Da kam der Knabe auch zu einem zarten Stamm, auf dessen Rosen ganz schwere, dicke Tropfen schimmerten.

»O du armes Röslein, warum weinst du denn so sehr? Bist du gleich mir so leise traurig im Herzen wegen der Sommersonne?«

Die Tränen traten ihm in die träumend blauen Augen, während er das Röslein anschaute.

Und wie er so hinschaute, bemerkte er, daß dieses Röslein eine ganz besondere Eigenart hatten. Wo die Blütenblätter ansetzten, schimmerte kaum merklich etwas wie ein weißes Flecklein. Alle Rosen dieses Stammes hatten diesen kleinen weißen Fleck, der ihm, wie er näher zuschaute, fast wie ein fünfzackiger Stern erschien.

»So weinst du gar mit mir, mein Röslein, nach den Sternen der Nacht? Darf ich dich Sternenröslein nennen?« Und indem er halb sinnend diese Frage tat, drängte ihn sein Herz, das Röslein sanft zu streicheln. Hierbei fiel ein Tropfen von seiner Hand auf den schimmernd weißen Fleck und machte ihn rot.

In demselben Augenblick aber war es, als drehte sich der Rosenstamm wie in einem Strahlenwirbel. Die Königstochter stand da, ein Sternenröslein in der Hand. Schamhaft ergriff sie den errötenden Knaben mit der anderen Hand und führte ihn auf der goldenen Straße dem Königsschlosse zu. Wie tat da auf einmal dem Knaben die Sommersonne gut im Herzen!

Auf dem Schloßhof herrschte ein buntes Treiben. Alles lief in freudiger Bestürzung zusammen. Die Glocke, die ehrwürdig alte Königsglocke, läutete. Den Menschen war, als öffne sich der Himmel wieder, als weiche die Erinnerung langer Jahre wie ein Nachtgespenst im Morgenlicht. Niemand vermochte später zu sagen, auf wessen Geheiß sie geläutet wurde. Der König wußte nur, daß ihr erster Schlag ertönte, als das Wort »Staunen« sich betend über seine Lippen rang. Einige erzählen, der greise Glöckner habe jahrelang auf dem Siechbett gelegen, ohne sterben zu können. Da habe er an jenem Sommermorgen, gerade als die Blutstropfen auf das Rosensternlein fielen, beschlossen, der vom König ausgerufenen Todesstrafe nicht zu achten, und seine geliebte Glocke noch einmal zu läuten.

»Der Tod ist mir Erlösung, nicht Strafe«, sagte der alte Mann wie verklärt, und er läutete das Gebet seines ganzen Lebens mit diesen Klängen in die Welt hinaus. Die Glocke tönte so wunderbar wie die Herzen der Menschen, deren Seelen sich in der Weihnachtsnacht emporschwingen im reinen Einklang. Später fand man ihn süß entschlummert mit einem rosigen Genesungshauch über der Greisenstirn.

Der König hörte ein Rufen und Jubeln. Jemand hatte vom Hofe aus auf die goldene Straße gedeutet. Da sah man von ferne die Königstochter kommen. In heiliger Erschütterung knieten die Ältesten nieder.

Mit zitternden Knien eilte der König auf den Schloßhof. Er fing das geliebte Kind in seinen Armen auf. »Vergebung« stammelte sie. Er küßte sie weinend auf die Augen. Da flüsterte sie ihm zu:

Weil ich nicht Ehrfurcht hatt',
war ich im Bösen,

Staunen und Mitleidsblut
konnt' mich erlösen.

Nun blickte der König auf und sah den Sohn des Holzhauers scheu beiseite stehen. Er ergriff die Hand des Knaben mit seiner Linken und legte sie in seiner Tochter Hand.

Die Rechte aber hielt er segnend über die jungen Menschen und sprach:

All mein Gut und Brot,
all mein Gut und Brot,
teil ich mit den Armen:
nur die Mutter Not,
aller Mutter Not,
läßt das Herz erwarmen.

Die Hochzeit des jungen Paares wurde später als Fest des Landes begangen. Eine große Tafel wurde gedeckt, an der alles Volk saß und in Eintracht schmauste. Am Ehrenplatz saßen der arme Holzhauer und seine Frau. Lustig spielten die Spielleute. Um die Tafel jedoch schwebte ein viel feineres Klingen, als von den Spielleuten herkam. Niemand wußte, daß der alte König sein Hochzeitsgewand zerschnitten und über den Tisch gedeckt hatte. So hatte es ihm die Königin geraten, die jetzt alle Nacht im Traume bei ihm war. Aber die vielen Rosen, die auf dem Tisch lagen, bedeckten das feine Gewebe ganz.

Die mit dem Suchen der Königstochter beauftragten Beamten waren anfangs etwas mißvergnügt. Sie hielten aber eine Versammlung ab, auf der diejenigen mit ihren Stimmen durchdrangen, die vorschlugen, man solle nur alles beim Alten lassen und den Namen der Königstochter einfach für die Altersversorgung übernehmen. Das war allen diesen

Leuten aus dem Herzen gesprochen. Sie schmausten nun wacker mit. Man erzählt aber, daß sie am Ende des Tisches saßen, das nicht mit dem feinen Gewand bedeckt worden war. Und man sagt auch, der junge König habe ihnen mit seinen fragenden Augen einen Blick zugeworfen. Auf diesen Blick hin hätten sich die zwei bösen Zauberer, die in Verkleidung unter den Beamten saßen, eigenartig zugeschmunzelt.

Die junge Königin trug als einzigen Schmuck einen Kranz von Rosen mit dem Sternenröslein in der Mitte.

Dieses Sternenröslein soll erst gewelkt sein, als sie nach einem gesegneten Leben und sanften Tod als Mutter des Landes beweint wurde. Wer den Gesang der Vögel versteht, vernimmt aber, daß es noch alle Jahre blüht, nur kann der gewöhnliche Blick die Sternlein nicht erkennen. Die kann man nur mit den Augen des Herzens sehen.

VON DER HOCHZEITSFAHRT DES WAISENKNABEN

Irgendwo lebt ein Waisenknabe. Wunderbare Dinge sind ihm begegnet, einige davon wollen über dem grünen Gras und unter dem blauen Himmel gehört werden.

Der Waisenknabe wohnte in einer ärmlichen Kammer bei Leuten, die ihn gar hart behandelten. Einmal hatte er einen schönen Traum, der ihm süßen Trost und herbe Trauer zugleich schenkte. Ihm träumte, daß eine sonnenschöne Jungfrau an ihn herantrat, die sprach: »Ich will deine Gemahlin werden.«

Da er sie so schön vor sich stehen sah, blieb er erst lange stumm. Doch dann fragte er: »Wo wohnst du?«

Sie antwortete: »In der ganzen Welt ist mein Haus, such' mich!«

Als er aufwachte, dachte er lange an die holde Erscheinung. Je länger er aber dachte, umso trauriger wurde er. Endlich sagte er: »Ist dein Haus in der ganzen Welt, dann bist du überall und nirgendwo zu Haus, wie ich nirgendwo und überall. So lohnt ja kein Suchen, so kann ich schon dableiben.«

Er machte den Tag über seine Arbeit wie immer. Abends nahm er sein kärgliches Stück Brot und schlich sich hinaus. Unweit vom Grabe seiner Eltern war ein Wiesenhang. Dort setzte er sich unter eine Weide und träumte ins Abendrot. Er nahm nur wenige Bissen. Die Trauer kam ihm stärker in sein Herz. Und während er so dahinträumte, zerkrümelten seine Finger das Brot.

Ein Vöglein flog hinzu und pickte die Krümlein auf. Es flatterte dann auf einen Weidenzweig und sang: »Sieh, sieh.«

Der Waisenknabe horchte auf. Er konnte plötzlich die Sprache des Vögleins verstehen.

»Sieh, sieh«, sagte das Vöglein noch einmal. »Warum bist du so traurig?«

»Ach, ich kann die sonnenschöne Jungfrau nicht finden!« Und er erzählte dem Vöglein seinen Traum. Das Vöglein hörte gut zu. Als er geendet hatte, zwitscherte es munter:

»Sieh, sieh,
Eitel dein Leid –
Sonnenschöne Jungfrau
Wohnt nicht so weit!«

Des Knaben Auge wurde ganz hell.

»O Vöglein, wüßtest du den Weg?«

»Wie sollte ich ihn nicht kennen, ich sah ihn schon oft. Geh erst dahin und dorthin. Dann siehst du einen Weg, der sich in großen Kreisen um einen Berg zieht. Diesen Weg mußt du zwölf Meilen lang verfolgen. Dann wirst du vor einem Tor stehen, das ein starker Adler bewacht. Vor dem darfst du dich nicht fürchten. Er verlangt nur einen Wegesold. Er läßt niemand durchs Tor ziehen, der nicht gelernt hat, Korn zu mahlen. Doch niemand darf ein anderes Korn mahlen, als solches, das er aus selbst bestellter Saat erntet. Im Frühjahr muß er säen, im Herbst darf er ernten – und hat dann noch als Wegesgabe ein Brot zu backen. Das Ganze ist nicht so schwer, denn der Adler ist ein gerechter Herr. Nur verlangt er, daß man während der Zeit in einer dunklen Felsenhöhle wohnt. Und er sieht darauf, daß nur reines und reifes Korn vermahlen wird. Dann aber öffnet er auch gern das Tor.

Gehst du durch dieses Tor, so kommst du schon auf schwierigere Pfade. Dort tun sich tiefe Abgründe auf, dort tosen mächtige Ströme. Du mußt sieben Jahre wandern, ehe du dieses Gebiet durchwanderst. Dann wirst du vor einem Tor stehen, das ein grimmiger Löwe bewacht. Er läßt niemand durch, der nicht mit seinen Dienern Wein gekeltert hat. Aber wer da keltern will, der muß die Reben selbst erst pflanzen und pflegen und abwarten, bis sie gute Trauben tragen. Auch vor dem Löwen darfst du dich nicht fürchten. Wer ihm gut dient, dem darf er den Weg nicht lang versperren.

Hast du das zweite Tor hinter dir, dann stehst du bald in einem Gebiet, wo alles in Feuer wallt und brodelt. Durch dieses Gebiet mußt du noch länger wandeln. Wie lange, kann ich dir nicht sagen. Doch einen großen Teil der Zeit, die du wünschen möchtest zu leben. Schreitest du gut voran, so wirst du einmal doch vor dem dritten Tor stehen. Das wird von einem furchtbaren Drachen bewacht. Er läßt keinen durch, der ihm nicht als Steinmetz dient. Mindestens zwei Steinarbeiten muß jeder dem Drachen dalassen. Jeder muß das Bild seiner Heimatstadt und das Bild seiner eigenen Gestalt aus dem Stein hauen. Dann nimmt der Drache als Weggeld noch die Hand, mit der man den Hammer schwingt, der den Meißel treibt. Wenn du nur nicht verzagst, dann muß er dir den Durchgang doch freigeben. Dann wirst du endlich die Jungfrau sehen, die du suchst. Von ihr darf ich dir nichts sagen. Du weißt selbst, wie schön sie ist!«

»Kann ich die Wege auch nicht verfehlen?«

»Geh nur, wie ich dir sagte, und du wirst schon gut gehen. Du gabst mir gutes Brot, Waisenbrot. Ich gebe dir guten Rat, Vögleins Rat. Wandle noch heute. Jetzt ist junge Frühlingszeit: du kommst zu rechter Zeit beim Adler an. Geh dahin und dorthin. Auf den ersten Weg darf ich dich geleiten.«

Der Knabe dachte: »Zu verlieren hast du doch nichts, da kannst du auch gleich gehen.«

Er kniete erst stumm am Grabe der Eltern nieder. Dann

schnitt er sich von der Weide einen leichten Wanderstab. Die Sonne war im Untergehen. Er mußte tüchtig ausschreiten, um dem Vöglein zu folgen, das ihm den Weg weisen wollte durch die Frühlingsnacht.

Es führte ihn dahin und dorthin. Als es ihn verlassen mußte, sagte es: »Sieh, sieh – Waisenbrot ist gut. Weil du mir gabst, darfst du mich hören. Was du behieltest, reicht auf den Weg. Wirst nimmer verhungern – nun wandre recht!«

Der Waisenknabe ging. Er wurde doch etwas besorgt, als er sich so allein fand auf dem weiten Weg. Denn da die Sonne aufging über diesem Weg, war ihm kein Ende abzusehen. Als der Knabe aber Hunger bekam und das Brot versuchte, nahm es nicht ab, schmeckte köstlich, als wären wunderbare Gewürze drin, und stillte beides: Hunger und Durst. Er dachte: »Das Vöglein spricht, was gilt« und faßte guten Mut. Er wanderte und stieg und stieg und wanderte. Einen Meilenstein hatte er erst erreicht. Der zweite wollte nicht kommen.

»Hier wachsen wohl die Meilen mit dem Weg«, brummte er nach einer guten Weile und ließ sich am Weg nieder, ein wenig zu rasten. Da sah er am Wegrand eine wunderschöne Sternenblume stehen. Die dünkte ihm so lieblich, daß er nicht satt werden konnte vor Verwundern und sie erst gar nicht pflücken wollte. Weil er aber nach dem Waldesdickicht zu noch eine zweite und eine dritte stehen sah, entschloß er sich doch, zu pflücken.

»Wo drei sind, sind auch mehr«, dachte er, »und was für einen Strauß muß das geben!« Als er die erste pflückte, strömte ihm so frischer Hauch zu, daß er ganz erquickt war und allen Staub des Tages vergaß. Er pflückte nun und pflückte und merkte nicht, daß er immer weiter von der Straße abkam. Die Blumen standen in größeren Abständen und immer eine höher als die andere. Er mußte tüchtig klimmen. Er merkte nicht, wie der Tag sich zum Mittag erhob, wie der Mittag sich zum Abend neigte. Als er einmal richtig aufschaute, war es Nacht. Er erschrak. Aber da er vor sich immer noch Sternenblumen sah, die jetzt sogar herrlich zu leuchten anfingen, entschloß er sich, weiter zu steigen.

»Sie sind doch so schön«, dachte er. Müde war er merkwürdigerweise nicht im geringsten.

Um das Morgenrot hörte er ein starkes Rauschen. Er dachte zuerst, es wäre der Wind, der durch den Wald ging. Wie erstaunte er aber, als er nach wenigen Schritten auf seinen alten weißen Weg stieß und vor einem starken Tor stand. Auf dem Torbogen sah er einen Adler, der bewegte seine mächtigen Flügel ins Morgenrot. Daher kam das große Rauschen.

Der Knabe hatte gar nicht mehr Zeit, sich darüber zu wundern, wo die elf Meilensteine geblieben waren. Gleich erinnerte er sich an das, was das Vöglein ihm gesagt hatte, und bot dem Adler seine Dienste als Ackerknecht an.

»Ich sehe vom Berge«, sprach der Adler. »Wer schon gedient hat, braucht nicht zu dienen.«

Der Knabe sah ihn groß an. »Ich habe nicht viel gedient, bin nur ein dummer Waisenknabe. Und ich will zur sonnenschönen Jungfrau. Die darf doch keiner sehen, der nur Korn aus fremder Hand aß!«

Der Adler rauschte mit den Flügeln, daß es war wie ein starker Sturm. »Ich sehe vom Berge«, sagte er abermals. »Wer Waisenbrot schenkt, erntet auf viele Jahre. Du speistest das Vöglein, so bist du mein Gast.«

Und da war keine Rede von einer dunklen Höhle. Der Adler bewirtete den Waisenknaben an einer schimmernden Tafel.

»Nun schlummere noch ein wenig«, sagte er dann, »die Wanderung war schwer und der Weg ist noch weit.«

Bis der Knabe aufwachte, war schon der goldene Tag da.

Der Knabe fragte: »Willst du mich jetzt weisen? Darf ich durchs Tor?«

»Wer *über* das Tor kann, braucht nicht durchs Tor!«

Der Adler spreitete abermals seine Flügel und sprach: »Schwing dich auf meinen Rücken. Ich selbst will dich tragen, so weit ich nur darf.«

Der Knabe zauderte nun nicht mehr. Er schwang sich auf den Rücken des Adlers. Eine Sternenblume nahm er mit.

Gar hoch erhob sich der Adler – bis zu den streifenden Wolken. Und unten taten sich tiefe Abgründe auf, mächtige Ströme tosten. Es war ein seltsamer Flug, es war ein seltsames Land.

Gegen Abend, als in der Ferne ein Bergrücken aufblaute, nahm der Adler etwas niedrigere Bahn. Er flog auch langsamer.

Sie flogen dem Ufer eines reißenden Wassers entlang. Da konnte der Knabe ganz deutlich sehen, wie sich in der Dornenhecke am Ufer ein Täubchen verstrickt hatte. Es zerrte und zerrte und riß sich nur Wunden. Blutstropfen standen auf seinem Gefieder.

Wie der Knabe die Blutstropfen sah, rief er dem Adler zu: »Ich bitte dich, laß mich nieder!«

Der Adler sprach: »Wo ich ihn unterbreche, da ist auch mein Flug zu Ende. Bedenkst du das? Das Tor ist noch sehr weit.«

Das Täubchen zerrte und blutete.

Der Knabe rief: »Laß mich doch nieder!«

Da ließ sich der Adler mit dem Knaben nieder.

Schnell eilte der Knabe auf die Taube zu. Er mußte stark zugreifen: die Dornen waren dicht. Aber es gelang ihm doch, die Taube frei zu machen. Ihre Flügel waren unversehrt; gleich flog sie zum Wasser, sich zu waschen. Nun mußte der Adler Abschied nehmen.

»Wie soll ich dir danken?« sprach der Knabe.

»Was braucht es Dank. Ließest du mir nicht die Sternenblumen? Aber sieh, die deine ist zu Boden gefallen. Heb' sie auf, nimm sie mit!«

Während der Knabe sich beugte, um die Sternenblume an sich zu nehmen, die vor den Dornen lag, flog der Adler auf. Er verschwand bald in den Wolken. Die Taube aber kam leuchtend weiß vom Wasser. Sie umflatterte den Knaben, sprach aber kein Wort. Da merkte er doch, daß sie ihn stumm aufforderte, ihr zu folgen. So ging er ihr nach. Erst führte sie ihn auf einen schmalen Weg am steil abstürzenden Ufer, dann in eine abgrundartige Höhle hinab. Er folgte unverzagt. Durch diese Höhle ging er und ging er. Kein Mensch weiß, wie lange. Die Taube strahlte im Dunkeln.

Als er aus der Höhle trat, stand er vor einem Berge, der rot erglühte. Die untergehende Sonne machte ihn so rot. Die Taube sah er nicht. Aber da war auch schon der Löwe, da war auch schon das Tor.

Der Knabe grüßte ehrerbietig. Rechts und links war Rebgelände. Er schaute lange um und dann wieder zum Löwen hin.

»Was schaust du so, Knabe?« fragte der Löwe, der mächtig war, doch gar nicht grimmig schien.

»Ich schaue so gerne das Land, wo ich leben soll. Bei dir ist gut weilen, dünkt mich, mein Herr!«

»Und warum willst du weilen?«

»Weil ich durchs Tor muß. Zur sonnenschönen Jungfrau.«

»Sollst nicht weilen, sollst eilen!«

»Muß doch pflanzen und pflegen und warten!«

»Du weiltest beim Schmerz, nun eile zur Freude.
Tröpflein Blut an der Hand ist herrlicher Balsam.
Taube – meine liebste Dienerin.
Heute gewartet an fremden Wunden,
Heute den eigenen Weg gefunden.«

Und da war keine Rede von Sold oder Dienst. Der Löwe stärkte den Knaben und schenkte ihm ein schönes neues Gewand. Dann führte er ihn ans Tor. Das tat sich mit wunderbarem Klingen auf. Ein silberner Strom kam dicht beim Tor aus der Erde und floß mild der Ferne zu. Am Ufer schaukelte ein Nachen.

»Besteige den Nachen«, sprach der Löwe.

»Solange das Tor klingen darf, so lange darf er fahren.

Feuer bald links, Feuer bald rechts.
Doch der Strom schützt gut.
Der Nachen trägt weit...
Schlaf lind in die Nacht,
Darfst ruhig schlafen!«

Der Waisenknabe hatte nun schon viel gelernt. Da das Tor so lieblich klang, sprang er flink in den Nachen. Der fuhr schnell dahin, und doch spürte man's kaum, so sanft ging die Fahrt. Bald wallten Feuer auf, rechts und links in brodelnden Schwaden. Doch keine Flamme reichte an den Nachen. Wie gut war er geborgen! Wie klang so lieblich von weitem das Tor!

»Schlaf nur Knabe, Waisenknabe schlaf!«

Er schlief nicht. Die Welt war furchtbar, doch schön. Wach wollte er bleiben und prüfen, was auch kam.

Und siehe, es war gut: er schaute noch Schöneres.

Mit der niedersinkenden Nacht wurde der Strom durchsichtig, seltene Dinge konnte man da sehen.

Um Mitternacht erblickte er einen Hecht, der hinter einem kleinen Goldfisch daherschoß. Dicht zum Nachen kam das arme Fischlein. Rasch griff der Knabe ins Wasser, den Hecht zu packen. Er griff gut, er zuckte auf vor Schmerz. Der Hecht biß tief in die Hand, aber der Knabe hielt ihn. Da fing der Hecht an zu reden und bat: »Laß mich leben! Ich verspreche dir, nicht mehr in den Strom zu gehen. Wirf mich dorthin, zwischen die Felsklippen. Ins seichte Wasser!«

Der Knabe tat so, dann wusch er die Hand im Wasser. Ein Tropfen seines Blutes fiel in den Strom. Da stand der Nachen still, und der Grund des Stromes erschimmerte golden. Der Knabe konnte sehen, wie der Goldfisch in sein herrliches Reich einging, tief geborgen.

Der tückische Hecht jedoch, der so tief gebissen hatte, verwandelte sich in eine große Spinne. Diese kroch auf die Felsklippe, spann einen langen Faden und kletterte zum Ufer. Dann ging sie mitten durchs Feuer, dem Drachen Kunde zu bringen, dem sie diente. Sie zog im Gehen einen fahlen Streifen durch die kochend rote Glut.

Da faßte der Knabe einen frischen Entschluß. Beherzt sprang er ans Ufer und stürzte dem garstigen Tiere nach. Als er kaum den fahlen Streifen berührte, verwandelte sich dieser in einen goldenen Pfad. Feuer war rechts und Feuer war links, doch unversehrt schritt der Knabe hinter der Spinne her.

Die eilte und eilte, den Drachen noch vor Morgenrot zu wecken.

Voll Ingrimm wachte der Drache auf. Als er hörte, wer da nahte, schnaufte er noch giftiger. Er blähte seinen Leib gewaltig, er sperrte seinen Rachen und nahm das ganze Tor in den Rachen.

»Hier diene«, schrie er dem Knaben zu, »hier diene bis

zum Tode. Die sonnenschöne Jungfrau siehst du nimmermehr!«

Der Knabe erbebte so, daß er sein Herz halten mußte.

»Ich bin nicht gewandert, dir Scheusal zu dienen.
Bin ein Waisenknabe,
Der Tod ist mir nichts.«

Und sein Herz rief ihm zu: hier wage oder versink!

Da flammte sein Mut höher auf als die Drachenglut. Und mit erhobener Hand stürzte er sich ins feuerumspiene Tor.

Aber siehe, der Drache zerbarst. Die Flammen versanken. Felsstücke lagen umher: des Drachen Bild im Kleid seiner Heimat, des Drachen Todesabbild im Stein.

Vor dem Knaben zwitscherte es auf. Ein Vöglein saß auf einem Baum, sein Vöglein. Und der Baum stand an einer Hütte, die ein graublaues Dach und freundliche Fenster hatte. Die Fenster leuchteten im ersten Morgenlicht. Die Tür ging auf, das Vöglein flog hinein, der Knabe folgte.

Da sah er die sonnenschöne Jungfrau. Sie lächelte noch schöner als im Traum und sprach: »Ich will deine Gemahlin werden!« Und sie küßte ihn auf die Stirn. Dann sagte sie:

»Sieh, hier die Tafel hat Platz für viele.
Hochzeitskleid ist da.
Hochzeitsbrot ist da.
Hochzeitstrank ist da.
Doch ist dies nur mein Sommerhaus.
Hochzeit muß sein im großen Haus.
Das suche, mein Liebster, und lade die Gäste.
Ich webe derweil am Tafeltuch!«

Sie küßte ihn nochmals auf die Stirn und verschwand hinter einem graublauen Vorhang.

Wieder ward dem Knaben Trost und Trauer zugleich.

Die Wunde an der Hand öffnete sich vor drängender Sehnsucht und drängendem Herzensschmerz. Da flatterte das Vöglein herzu, die edlen Tropfen zu haschen.

Kaum berührte es mit seinem Schnabel das Blut, da geschah etwas Merkwürdiges. Unter wunderbaren Tönen begann das Dach der Hütte zu wachsen, wurde immer weiter und weiter, wurde weltweit. Und wurde so schimmernd wie der reinste Spiegel. Das graue Blau aber wandte sich und legte sich der Rückseite des Spiegels als feine Hülle an. Wände waren nun nicht mehr da. Nun konnte die Erde, nun konnten alle Menschen gespiegelt werden.

»Schau, schau«, sagte das Vöglein.

»Waisenbrot – Himmelsdank,
Waisenblut – Weltentrank.«

Und noch einmal schaute der Knabe, der ein Mann geworden war. Der Vorhang war zerrissen, das Tafeltuch war fertig. Die sonnenschöne Jungfrau deckte den Tisch.

»Nun lade die Gäste«, sprach sie.

Von allen Seiten strömte und drängte es, der Spiegel wies es gut.

»Wie kommen sie durch die Tore?« rief er.

»Schau, schau!« rief das Vöglein noch einmal. »Was blüht in der Hand?«

Er sah hin und erblickte seine Sternenblume. Sie war schöner denn je.

»Mit diesem Schlüssel«, rief das Vöglein, »öffnest du alle Tore:

Tore, vom Tier bewacht,
Tore des Menschen!«

Die sonnenschöne Jungfrau blickte auf. Da zog ein himmlischer Wunsch in sein Herz, und so ging er, die Gäste zu laden.

Das Hochzeitsmahl wird bald gehalten werden.

Sobald alle Gäste gebeten sind, die der Spiegel weist.

Sei wach, denn auch du sollst gerufen werden!

NEUERE ERZÄHLUNGEN

DAS GOLDENE KÄSTCHEN

Nach einem Motiv des Johannes von Damaskus

In einem großen goldenen Hause lebte ein Vater mit vielen Kindern. Eines Tages sprach er zu einem seiner Söhne: »Nun ist es Zeit, daß du dich auf die Wanderschaft begibst.« Er führte den Sohn zu einer Treppe, die mit schier unendlichen Stufen abwärts ging. Einige Stufen hinab begleitete er ihn, dann aber sprach er: »Jetzt muß ich dich verlassen. Nur ein Ding kann ich dir mitgeben, auf das du wohl achten sollst.« Und er gab seinem Sohn ein goldenes Kästchen, welches jener sogleich in den Falten seines Gewandes verbarg. »Trage es immer bei dir«, sprach der Vater, »es wird dich leiten und wird dich schützen. Doch öffne es nie, bis du wieder zu mir zurückkehrst.«

Mit diesen Worten verabschiedete sich der Vater. Der Sohn ging die unendlich vielen Stufen hinab. Als er unten angelangt war, wollte er noch einmal hinaufblicken. Wie erstaunte er aber, als er sah, daß die Treppe verschwunden war. Dort, wo er eben noch frei geschritten war, erhob sich eine hohe, steile, schwarze Wand, an der kein Tritt, kein Vorsprung zu erkennen war. Vor ihm aber dehnte sich eine weite Fläche, die sich auf und ab bewegte: es war das Meer.

Als er so weder zurück noch vorwärts gehen konnte, und es ihm recht elend ums Herz werden wollte, sah er, wie vom Wasser her etwas auf ihn zukam. Es war ein Boot, doch ohne Ruder, ohne Steuer und ohne Mast. Ganz leicht stieß es an den schmalen Strand und schien ihn aufzufordern, doch hineinzusteigen. Einen anderen Weg gibt es ja nicht, dachte der Sohn. So sprang er beherzt in das Boot, das auch sofort anfing, ihn davonzutragen. Rasch trug es ihn aufs Meer hinaus, und von der steilen schwarzen Wand war bald nichts mehr zu sehen. Anfangs ging die Fahrt ganz ruhig, doch dann erhob sich ein frischer Wind, der munter zu blasen anfing. Da bekamen die Wellen weiße Kämme, und das Boot schwankte auf und ab. Immer heftiger wurde der Wind und wuchs zum Sturm an. Ja, schließlich war ein mächtiger Wirbelsturm da, und das kleine Boot wurde hin- und hergeschleudert wie eine Nußschale. Dem Sohn verging Hören und Sehen, und er konnte sich nur noch halten, wenn er sich ganz fest an die Rippen der Bootswand anklammerte. Plötzlich aber gab es einen gewaltigen Ruck: Das Boot war gegen ein Riff gestoßen. Es bekam ein großes Leck, füllte sich mit Wasser und begann zu sinken.

Der Sohn fühlte, daß er mit untergehen werde, wenn er im Boote blieb. Doch wo war eine Rettung? Wenn überhaupt, dann im offenen Meer. Kühn stürzte er sich in die brausende Flut, drückte aber dabei das goldene Kästchen, das er ja nicht verlassen wollte, mit der linken Hand an sein Herz. Kaum aber hatte die Woge ihn aufgenommen, als etwas Wunderbares geschah. Der Sturm hielt inne, die Wellen, die wie in einem Hexenkessel gewirbelt hatten, begannen in einer Richtung zu strömen, und das goldene Kästchen machte, daß der Sohn wie auf starken Armen dahingetragen wurde.

Wie lange er so schwamm, ist schwer zu sagen. Endlich trug es ihn an den Strand einer großen Insel. Eben hatte er das Land betreten, als er von einer ganzen Schar von Menschen umringt wurde, die aufgeregt riefen und jubelten: »Ein König, ein neuer König!« Ehe er sich's versah, hatten sie ihm eine Krone aufgesetzt und einen herrlichen Mantel um seine Schultern geschlagen. Sie erhoben ihn, trugen ihn davon, und immer lauter wurde das Jubeln und das Rufen.

Denn allmählich war viel Volks hinzugeströmt, so daß sich ein großer Zug gebildet hatte. Flötenspieler, Bläser und Trommler waren wie vom Himmel niedergeregnet und schritten voran.

Als der Zug das Schloß erreicht hatte, wurde eine Festtafel gedeckt, und im Nu wurde an kostbaren Speisen und Getränken aufgetragen, was Küche und Keller nur bieten konnten. Alles wogte und brandete durcheinander, man lachte, plauderte, stieß mit den Gläsern an, und niemand schien darauf zu achten, daß der Neuankömmling, dem all dieses galt, mit fragenden, schier entsetzten Augen dasaß. Bald war auch kein Wort mehr zu verstehen, denn drinnen im Saal wurde der Lärm der Musikanten unerträglich.

Der Sohn war nach der langen mühsamen Fahrt noch gar nicht zu Atem gekommen. Er wußte wirklich nicht, wie ihm geschah, und was er von alledem halten sollte.

Wie er so umherblickte, sah er, daß unter all dieser ausgelassenen und tobenden Menge ein Mann da war, der ganz stumm und ernst dasaß. Er mochte schon sehr alt sein, denn sein Haar und sein Bart waren weiß. Er schien dem König gütig, aber fast traurig zuzulächeln. Da stand der Sohn leise auf, ging, ohne daß jemand es merkte, an den Alten heran und bedeutete ihm, daß er ihn sprechen wolle.

Sie gingen in ein abgelegenes Gemach: »Kannst du mir vielleicht sagen, was all das bedeuten soll?« fragte der Sohn eindringlich.

»Ich kann es, mein König«, erwiderte der Alte nachdrücklich und sehr ernst. – »Bin ich denn wirklich ein König?« rief der Sohn jetzt bestürzt. – »Du bist es. Doch nur für kurze Zeit.« – Und nun erzählte der Alte, daß jedes Jahr ein Fremdling auf diese Insel geworfen werde, der dann schalten und walten könne nach eigenem Begehr. Da sei er König, da könne er gebrauchen und genießen, was nur immer einem König zustehe, und der kleinste seiner Wünsche werde erfüllt.

»Doch wenn ein Jahr herum ist«, so fuhr der Alte fort, »dann hat die Herrlichkeit ein Ende, und zwar genau an dem gleichen Tag, an dem sie vor zwölf Monaten begonnen hat. Dann kommen die gleichen Leute, die ihrem neuen König zugejubelt hatten, stoßen ihn vom Thron, reißen ihm die Krone ab und rauben ihm den Königsmantel. Arm, wie er gekommen war, muß er an den Strand der Insel gehen. Und dann kommt ein unbemanntes Boot heran, in dem man weder stehen noch sitzen, sondern nur liegen kann. Es nimmt ihn mit sich und führt ihn nach einem einsamen Eiland. Dort ist alles öde und grau, stumm und leer. Kein Baum, kein Strauch, ja kein Grashalm wächst dort. Kein Würmlein regt sich im Sande, kein Mücklein in der Luft, und nie hat dort ein Vogel ein Lied gesungen.«

»Ja, so ist das Ende«, sagte der Greis und senkte den Blick. – »Aber das ist ja furchtbar«, rief der junge König aus. »Was soll mir dann all dieses Gepränge, dieses Festen, diese gellende Musik! Sag', gibt es denn gar keinen anderen Ausweg als die Fahrt zum öden Eiland?« –

»Ich habe dir gesagt, was zu sagen mir allenfalls erlaubt war«, nahm der Alte auf. »Was mehr ist, das mußt du selber finden. Doch ist es ein gutes Zeichen, daß du mich gleich am ersten Tage gefragt hast. Das hat bisher noch keiner der neuen Könige getan.« Und während er dies sprach, leuchtete sein Blick auf.

Der junge König dankte dem Ratgeber von Herzen. Dann dachte er: bin ich schon König, so sollen sie es auch spüren. Und sofort gebot er, daß das Fest zu Ende sei, und daß Köche und Kellermeister, Trabanten und Musikanten alle miteinander nach Hause geschickt würden.

Dann zog er sich einsam in sein Schlafgemach zurück. Er

überdachte, wie Seltsames er erlebt hatte; und dem, was ihm bevorstand, beschloß er, furchtlos entgegenzusehen. Ehe er einschlief, legte er das goldene Kästchen, das ihn so treu geleitet hatte, unter sein Kopfkissen.

In der Nacht hatte er einen seltsamen Traum. Er hörte eine Stimme, die ihm recht vertraut schien. Und die Stimme sprach: Geh zu den Armen, zu den Kranken, zu denen, die einsam sind!

Als er kurz vor Tagesanbruch wach wurde, hörte er die Worte noch deutlich nachklingen, und er grub sie tief in sein Herz ein. Und so kam es, daß er am Morgen alle die Leute zurückwies, die ihn mit übereifrigen Diensten umschwirren wollten. Von der goldenen Kutsche mit den weißen Pferden, die ihn zu einer Lustfahrt abholen sollte, wollte er ebensowenig wissen. Er wählte ein ganz einfaches Gefährt und nahm nur einen Arzt und einen einzigen Diener als Helfer mit. Und dann folgte er dem Rat, den er im Traum empfangen hatte. Er ging in die Hütten der Armen, stand an manchem Krankenlager und stieg in die dunklen Kerker hinab, wo Gefangene schmachteten. Viele von den letzteren waren längst von allen Menschen vergessen worden. Doch wie unnennbar groß war auch all das andere Elend: er hatte Tage, Wochen, ja Monate lang zu tun. Immer klangen die Traumworte in seinem Herzen nach und ließen ihn nicht rasten und nicht ruhen.

Die Leute im Schloß waren mürrisch. Sie sagten: »Wir merken gar nicht, daß wir einen König haben!« – Ganz anders war es im weiten Umkreis der Insel. Da erhellten sich gar manche Gesichter, so daß man meinte, die Sonne habe ihnen zum erstenmal im Leben geschienen.

So war bald ein halbes Jahr und etwas mehr vorübergegangen. Wenn der König hie und da dem alten Ratgeber begegnete, sah jener ihn freundlich, ja ermutigend an. Das gab dem König Mut, und er glaubte, den rechten Weg zu gehen. Bei den letzten Begegnungen aber hatte der Greis wieder ein sorgenvolles Gesicht gezeigt. Da beschloß der König, ihn zu fragen: »Habe ich recht getan oder nicht?« – »Ich glaube schon, daß du recht getan hast«, erwiderte der Alte. »Aber vielleicht ist noch nicht alles geschehen, was geschehen sollte.« Und hier brach er ab, so daß der König merkte, daß er nicht mehr sagen wollte oder sagen durfte.

Doch was hätte noch geschehen sollen? War irgendeine Not übersehen oder versäumt worden? Der König sann und sann bis tief in die Nacht hinein. Plötzlich kam es ihm, daß er schon lange nicht mehr das goldene Kästchen unter sein Kopfkissen getan hatte. Nun tat er es wieder. Da schienen alle Sorgen leichter zu werden, und er schlief ein. In dieser Nacht sprach wieder die vertraute Stimme zu ihm und sagte: »Laß Schiffe bauen, laß Schiffe bauen! Rüste sie aus mit dem, was sprossen, was blühen und fruchten kann. Laß sie dann fahren ins Meer hinaus, wohin der Wind sie trägt. Kein Mann sei an Bord!«

Als der König wach wurde, ging gerade die Sonne auf. Sorgfältig sammelte er alle Worte, die er gehört hatte, in seinem Herzen. Und noch am gleichen Tage rief er die Zimmerleute und die Meister zusammen, die Schiffe bauen konnten. Das gab nun ein Dichten und ein Richten, ein Hämmern und ein Klopfen, daß den Leuten das Trommelfell weh tat. Aber die Augen gingen ihnen über vor lauter Staunen, als sie Schiff nach Schiff in die See gleiten sahen: völlig unbemannt, aber befrachtet mit Saatgut und jungen Obstbäumen und manchem, was sonst sprossen, blühen und fruchten kann.

Immer wenn ein Schiff abging, stand der König am Ufer und blickte ihm nach, solange es nur zu sehen war. Im übrigen aber versäumte er nicht, die Armen, die Kranken und die Einsamen zu besuchen. Gefangene gab es zu jener Zeit nur noch ganz wenige auf der Insel.

Jetzt aber kam der Tag, an dem das Jahr herum war. Der König erinnerte sich an alles, was der Alte ihm gesagt hatte, und rüstete sich auf das, was geschehen mußte. Er trug das goldene Kästchen über seinem Herzen und kniete nieder zu seinem Morgengebet. Von draußen wurden Stimmen vernehmbar, die immer mehr und mehr anschwollen, so daß es war wie ein Sturm. Dann wurde es plötzlich ganz still. Jetzt werden sie kommen – dachte der König – um mir alles wegzureißen, was des Königs ist. So geschehe nur, was geschehen soll!

Doch als er die Tür öffnete, trat nur ein einziger Mann ein. Es war einer von denen, die lange unbeachtet im Kerker gedarbt hatten. Er sprach: »Die Stunde ist da, und das höchste Gesetz dieser Insel hat alle Macht. Wir müssen Abschied nehmen von dir. Aber, was wir an den früheren Königen, die deine Vorläufer waren, getan haben, an dir werden wir es nicht tun. Keine Hand ist da, die dir Krone und Königsmantel wegreißen könnte. Sei frei und tu sie selbst ab. Und dann will ich dich geleiten auf den Weg.«

Ohne Zagen tat der König, was die Stunde gebot. In dem schlichten Gewande, in dem er einst zur Insel gekommen war, trat er vor das Schloß hinaus. An der Straße aber, die er gehen sollte, hatte sich rechts und links ein dichter Wall von Menschen gebildet. Alle verharrten in tiefem Schweigen und bezeugten so am reinsten ihre Dankbarkeit und ihre Liebe.

Als der Sohn an den Strand kam, sah er, daß das Meer spiegelglatt war. Kein Hauch regte sich, und doch kam von geheimnisvoller Kraft getrieben ein Boot näher und näher heran. Als es gelandet war, dachte der Sohn noch einmal an das große Gesetz der Insel, von dem er gehört hatte, als er eben König geworden war. Gehorsam legte er sich hinein. Sogleich umfing es ihn wie ein wunderbarer, starker Traum, und er schlief ein.

Wie lange die Fahrt dauerte, merkte er nicht. Er wurde wach, als das Boot mit einem Stoß gegen etwas aufprallte. Das war ein Strand, und nun wußte er, daß er auf einem einsamen, öden Eiland war. Langsam erhob er sich, stieg aus dem Boot und tat einige Schritte. Doch wie erstaunte er, als er sich umblickte: da war weit und breit nichts Ödes zu sehen. Saftiges Gras grünte überall, Bäume blühten und kündeten künftige Früchte an, und auf den Feldern wogte die junge Saat. Selbst Vogelgesang ertönte, denn all das sprossende Leben hatte gefiederte Sänger in großer Zahl herbeigelockt. Der Sohn rieb sich die Augen. Das konnte doch wohl nicht das wüste, graue Eiland sein, von dem der Alte ihm gesprochen hatte. Gewiß träumte er weiter!

Er dachte nicht gleich an die Schiffe, die er vor einiger Zeit abgeschickt hatte. Diese waren an dem öden Eiland gelandet, und unsichtbare Hände hatten all das junge, lebendige Gut, das sie mitbrachten, weit umhergestreut, so daß die ganze Insel sich verwandelte.

Eben begann ihm eine Erkenntnis zu dämmern, als er sich nach der Seite des Meeres zurückwandte. Es fuhr ihm durchs Herz, denn er sah nun wieder die hohe, steile, schwarze Wand, die er schon kannte. Plötzlich wurde sie von einer mächtigen Hand weggeschoben, und die Treppe mit den unendlich vielen Stufen tat sich auf. Von oben hörte er die Stimme des Vaters, der ihm zurief. Von unfaßbarer Freude erfüllt, begann er zu steigen.

Der Vater streckte die Arme nach ihm aus. Dann aber fragte er: »Hast du das goldene Kästchen mit heimgebracht?« – »Ja, Vater, ich habe es«, antwortete der Sohn. – »Hast du es geöffnet?« – »Nein«, erwiderte der Sohn, »ich ließ es geschlossen, wie du mir gesagt hattest.« – »Wohl dir, daß du meinem Gebot gefolgt bist. Doch öffne es jetzt.«

Der Sohn tat, wie ihm der Vater geheißen hatte. Da sah er, wie auf dem Grunde des Kästchens das ganze Vaterhaus abgebildet war mit all seinen goldenen Sälen und den vielen Geschwistern, die dort ein- und ausgingen oder an dem großen Tisch saßen. Das alles hatte er, ohne es zu wissen, die ganze Zeit bei sich getragen. Und nun wußte er auch, daß es die Stimme des Vaters war, die ihn zweimal im Traume beraten hatte.

Noch verharrte er in glücklichem Staunen, als der Vater abermals sprach: »Blick jetzt auch auf den Deckel des Kästchens und schau ihn dir von innen an!« Nun tat sich ein neues Wunder vor den Augen des Sohnes auf. Innen am Deckel, da hatte sich in allen Formen, in allen Farben, die ganze Insel abgezeichnet, auf der er König gewesen war. Ja, alle die Menschen, die ihm vertraut geworden waren, sie waren dort abgebildet. Und nicht nur abgebildet waren sie: sie lebten und bewegten sich, wenn er sie anschaute. Der alte Mann, sein Ratgeber, lächelte ihm zu, und seine Augen sprachen, so daß es im Herzen vernehmbar wurde.

Auch der Vater lächelte gütig: »Siehst du«, sprach er zum Sohn, »sie alle trägst du nun mit dir im goldenen Kästchen, wie du das Vaterhaus mit dir getragen hast. Je mehr du ihrer in Dank und Liebe gedenkst, um so näher werden sie dir sein. Du hast deine Wanderschaft gut vollbracht. Doch nun komm ins Vaterhaus: Es ist gut, daß du eine Weile rastest, ehe ich dich wieder auf den Weg schicke.«

ILJA

Nach einer alten russischen Sage

In einer Bauernfamilie, in der sonst lauter starke und gesunde Kinder waren, wurde ein schwächlicher und gebrechlicher Knabe geboren. Es erwies sich bald, daß er seine Glieder kaum regen konnte und dazu auch blind war. In der Taufe erhielt er den Namen Ilja.

Ilja wuchs zum Jüngling heran, doch er blieb immer an das Bett gefesselt und konnte von den Spielen der Jugend kein einziges mitmachen. Aber er war guten Gemütes und lächelte, wenn er hörte, wie die anderen sich freuten. Eltern und Geschwister waren lieb zu ihm, doch oft, wenn die Arbeit drängte, mußten sie ihn ganz allein lassen. Dann sann er am liebsten über die schönen Heldengeschichten nach, die der Vater ihm an langen Winterabenden zu erzählen pflegte. »Ach ja«, seufzte er wohl ab und zu, »so reiten zu dürfen, die herrliche Welt zu sehen, Ungeheuer zu besiegen, Räuber zu strafen, was für eine Lust muß das wohl sein! Mir bleibt sie ein Leben lang versagt.«

Aber so ist Gottes Wille: den einen schafft er zum Helden, den andern läßt er zum Krüppel werden. Alles muß man hinnehmen aus seiner Hand und kann ihm nur danken dafür.

Eines Tages, als wieder die Erntezeit gekommen war, ging alles aufs Feld hinaus. Wie immer versorgte die Mutter den leidenden Sohn gut, gab ihm zu essen und zu trinken; dann eilte auch sie zur Arbeit.

Ilja lag ganz friedlich da. Nach einiger Zeit schien es ihm, als ob er vom Hof her Schritte hörte. Und wirklich kam es näher, schleppend und schwer, wie wohl jemand geht, der alt und müde ist. Die Tür wurde aufgemacht, und jemand trat ein, mühsam nach Atem ringend, und blieb einen Augenblick stehen. Dann schleppten sich die Schritte an Iljas Bett heran.

Ilja erschrak keinen Augenblick, sondern fragte nur: »Gott zum Gruß, wer bist du?«

»Gottes Dank«, erwiderte eine tiefe aber leise Stimme, »ich bin ein müder Wanderer.«

»Sei willkommen, Wanderer –«, sagte Ilja, wie er oft von den Eltern gehört hatte. »Es ist mir leid, daß ich nichts für dich tun kann; aber ich kann ja nicht aufstehen. Raste immerhin ein wenig!«

Der Fremde schwieg eine Weile. Dann sprach er und seine Stimme zitterte: »Ich kann jetzt nicht rasten. Der Morgen ist kühl und ich bin schlecht bekleidet. Mich fröstelt. Wärme mich, Ilja!«

»Du kennst meinen Namen?« rief Ilja erstaunt. »Bist du vom Dorf?«

»Ich bin nicht vom Dorf, ich komme weit her. Doch Gottes Engel haben die lieb, die reinen Herzens sind, und kennen alle ihre Namen.

So wärme mich doch, Ilja!«

Der Jüngling fühlte Erbarmen. »Nimm die Decke von meinem Bett«, sagte er freundlich, »und hülle dich ein!«

»Ich darf sie nicht nehmen, Ilja, du mußt sie mir geben.«

»Aber ich kann ja die Arme kaum heben!« sagte Ilja.

»Wenn du mir die Decke gibst, wirst du sie heben können. Tu's nur immer!«

In dieser Stimme, so sanft sie klang, war etwas, das keinen Widerstand litt. Ungläubig zwar und wie um seinen guten Willen zu zeigen, machte Ilja eine schwache Bewegung. Doch siehe, er spürte ein wenig Kraft in Armen und Händen. Er konnte die Decke heraufziehen und dem Fremden zureichen, der nach ihr griff. Dann schienen die Arme Iljas ganz erschöpft zu sein und sanken herab.

»Gottes Dank!« sagte der Fremde. Er schien sich einzuhüllen, und es entstand ein längeres Schweigen.

Da ertönte wieder die Stimme: »Ich bin so hungrig, Ilja. Willst du mir nicht etwas zu essen geben?«

»Ich kann ja nicht aus dem Bett heraus, guter Fremder. Aber in der Ecke steht ein Schrank, dort hat die Mutter immer etwas Brot bereit. Geh nur und nimm dir davon!«

»Ich darf mir nicht selber Brot nehmen, du mußt es mir reichen, Ilja!«

»Ach, ich habe mein Bett doch noch niemals verlassen«, seufzte der Jüngling.

»Verlaß es nur jetzt«, sagte der Fremde. »Deine Beine werden dich tragen, wenn du mir Brot holst.«

Wieder gehorchte Ilja, und unter unsäglicher Mühe tastete er sich zum Bett heraus und kroch zum Schrank, den er lange nicht öffnen konnte. Aber es wurde ihm doch soviel Kraft gegeben, daß er das Brot langen und es dem Fremden reichen konnte. Dann schienen ihm fast die Sinne zu schwinden, und er sank auf sein Bett zurück.

»Gottes Dank«, sagte der Fremde wieder. Er aß bedächtig, und abermals wurde es still.

Doch ein drittes Mal wandte sich der Unbekannte an den Jüngling.

»Ich habe Durst, Ilja. Willst du mir nicht zu trinken geben?«

»Frisches Wasser ist nur draußen im Brunnen auf dem Hof, dort wohin ich niemals gelangen kann. Sei doch so gut, lieber Gast, geh selbst hin und schöpf' dir welches!«

»Ich darf mir nicht selber Wasser schöpfen, du mußt es mir bringen, Ilja!«

Jetzt wurde der Jüngling ganz traurig.

»O, ich kann ja nicht einmal sehen, wo der Brunnen ist!« rief er traurig. »Meine Augen sind blind.«

»Gott wird dich leiten, wenn du das Wasser suchst. Du wirst es finden.«

Noch einmal verließ Ilja sein Bett. Fast schien es ihm noch mühsamer als zuvor. Mit zitternden Händen ertastete er sich ein Gefäß, machte mit aller Anstrengung die Tür auf – und stieß erst gegen etwas ganz Großes und Hartes. Das Gefäß drohte, ihm aus der Hand zu fallen.

»Geh nur unbeirrt weiter!«, rief von drinnen die Stimme des Fremden.

Ilja atmete tief. Er war wie betäubt von der frischen Luft, und doch schien es ihm selig, sie zu atmen. Und wirklich, es gelang ihm den Brunnen zu finden und das Wasser zu schöpfen.

Als er in völliger Unbeholfenheit am Brunnen hantierte, machte er so viel Geräusch, daß ein alter abgetakelter Gaul seinen Kopf zur Stalluke hinausstreckte. Das Pferd war zu nichts mehr nütze und sollte nächstens an einen Schinder verkauft werden. Gleich Ilja war es zu Hause gelassen worden. Der Gaul hatte diesen ärmsten Sohn des Bauern noch nie zu Gesicht bekommen. Und, wer weiß wie es zuging, er wieherte plötzlich.

Ilja hatte Freude daran, tappte sich zu dem Gaul heran, fuhr ihm mit seiner nassen Hand über das Maul und sagte: »Ja, ja, mein gutes Pferd, wir verstehen uns schon.« Dann schleppte er sich wieder langsam, ganz langsam zu seinem Gast zurück. Seine Hand konnte das schwere Gefäß schier nicht mehr halten, und sein Hemd war feucht vor lauter Anstrengung.

»Gottes Dank!« sagte der Gast, nahm das Gefäß entgegen und trank. Er hatte den Jüngling an der Hand gefaßt.

»Nun trink auch, Ilja«, sprach er, und seine Stimme klang plötzlich hell wie von Erz.

Ilja trank. Und siehe, da knackte und krachte es in allen seinen Gliedern, sie reckten und streckten sich, und eine gewaltige Kraft fuhr in sie hinein. Er hatte aber gar nicht Zeit, darüber nachzudenken, denn der Fremde spritzte ihm jetzt von dem Wasser über beide Augen. Es war zugleich wie ein Blitz und wie ein Sonnenaufgang. Als aber Ilja seine sehend gewordenen Augen auftat, war der Fremde verschwunden.

Behend sprang Ilja zur Tür hinaus, ob er ihn wohl noch erreichen könne. Da stieß er wieder an den Stein. Jetzt sah er, daß es ein riesiger Felsbrocken war, mannshoch und wohl drei Klafter breit.

»Ach, du warst es, der mich vorhin nicht vorbeigehen ließ«, sagte er lächelnd und warf ihn beiseite, als ob es ein Kieselstein wäre.

Der Fremde war nirgends zu erblicken, aber auf dem Hof stampfte ein feuriges Streitroß, das wieherte, sobald es Ilja sah, und kam auf ihn zu, als wollte es ihn heißen aufzusitzen. Ilja wollte seinen Augen nicht trauen, schüttelte den Kopf und ging erst in den Stall, um nach dem Gaul zu gucken. Aber der war nirgends zu sehen. Und abermals wieherte das schmucke Roß, als er wieder herauskam. Da erkannte Ilja die Stimme, und er mußte schließlich glauben, daß es das Pferd war, das er vorhin mit seiner nassen Hand gestreichelt hatte.

Vom Brunnen her glänzte ihm etwas entgegen. Er sah, daß da eine golden schimmernde Rüstung mit Schild und Schwert hingelegt war; auch neue Kleider lagen daneben. Ohne Zögern tat Ilja alles an, und siehe da, es saß wie angegossen.

Trotz der schweren Rüstung schwang er sich mit einem

federnden Schwung aufs Pferd, und dieses trabte gleich davon, als wisse es die Richtung schon von selber. Es trug seinen Reiter zu dem großen Weizenfeld, wo Iljas Eltern und Geschwister daran waren, die reife Frucht zu schneiden. Ein Viertel war geschnitten, und eben verschnauften sie sich ein wenig. Da sahen sie aus der Ferne den leuchtenden Ritter auf dem herrlichen Roß daherkommen. Der Glanz blendete ihnen schier die Augen.

»Gütiger Himmel«, rief die Bäuerin, »das ist ja der Heilige Georg!« Sie schickten sich schon an niederzuknien, da schrie plötzlich die jüngste Schwester in lautem Jubel auf.

»Vater! Mutter! Das ist nicht der Heilige Georg, dort kommt ja unser Ilja!«

»Schwätz keinen Unsinn«, fuhr die Mutter sie an, »wie kann denn Ilja hierher kommen!«

Aber schon hielt der Reiter sein Roß an und sprang ab.

»Vater, Mutter, ihr Lieben alle, erkennt mich doch, ich bin es ja, bin euer Ilja!« – und er tat Helm und Rüstung ab, um sie nach Herzenslust zu umarmen. Sie aber waren vor Staunen noch immer wie erstarrt, ihren armen blinden Bettlägerigen so heil, so gesund, so herrlich angetan zu sehen.

Mit den Augen erblickten sie Ilja, aber in ihren Herzen dachten sie, es müsse doch wohl ein Engel sein. Da erzählte er ihnen rasch, wie der Fremde zu ihm gekommen und was geschehen sei.

Nun mußten sie es wohl glauben, und die Mutter schlug ein Kreuz und sagte: »Der Engel des Herrn hat dich selber aufgesucht, mein Sohn.«

Ilja aber klatschte freudig in die Hände und rief: »Ei, gibt es denn hier nichts zu tun? Meine Arme jucken mich, zeigt mir doch einmal, wie man auf dem Felde schafft!«

Sie mußten ihm alle recht geben; die Sonne stand schon ziemlich hoch am Himmel. Rüstig gingen sie wieder ans

Mähen. Nur eine kurze Weile schaute Ilja zu. Dann rief er: »Gebt mir doch auch einmal solch ein Ding in die Hand.« Und er nahm eine Sense und begann auszuholen, wie sie noch nie einen hatten mähen sehen. Das ging wie der Blitz und so, daß niemand ihm folgen konnte.

Nur von Zeit zu Zeit rief er: »macht sie mir wieder scharf und gebt mir eine andere!« Und im Nu hatte er den ganzen Weizen gemäht.

Immer wollte der Vater »Halt« rufen, und als er endlich rief, war die Arbeit auch richtig zu Ende. »Halt«, sagte der Vater aber doch noch einmal. »So wird das nicht weitergehen. Ich sehe, daß du Zwölfmännerstärke hast, mein Sohn, und das ist für einen Landmann zuviel. Da wird nichts übrig bleiben, du mußt ein Held werden!«

»Vater, darf ich das wirklich?« rief Ilja jubelnd. Und er mußte sich in acht nehmen, daß er den Vater nicht erdrückte, als er ihn in seine Arme schloß.

Sie begaben sich alle miteinander nach Hause. Ein kleines Fest wurde gefeiert, und auch die Nachbarn kamen, staunten und freuten sich mit. Nur die Mutter war traurig, denn sie ahnte wohl, daß sie Ilja werde hergeben müssen. Doch im Herzen dachte sie: »So ist es, so ist Gottes Wille – als Krüppel läßt er einen geboren werden, und schafft ihn, wenn es sein soll, zum Helden. Einen Helden aber kannst du nicht halten, der muß hinaus in die Welt.« Und damit tröstete sie sich auch wieder.

In dieser Nacht schliefen beide, Ilja und sein Streitroß, zum letztenmal an der alten Stätte. Der eine in seinem vertrauten Bett, das ihm nur ein wenig zu kurz war. Das andere im gewohnten Stall, in dem es aber den Boden gewaltig zerstampfte.

Als alles still war, setzte sich der Vater noch ein wenig zu seinem Sohn.

»Hast du dir auch schon überlegt, wenn du morgen ausreitest, Ilja, was für einen Spruch du dir auf deinen Schild schreiben willst?«

»Nein, Vater, in aller Eile habe ich noch gar nicht daran gedacht. Meinst du so etwas wie: ›Alle Falschen sollen zittern!‹ oder ›Mein Blut für Gott!‹?

»Ja, du weißt es doch noch? Eine richtige Losung.«

Ilja schwieg eine Weile und überlegte. Noch einmal dachte er an das, was ihm heute morgen begegnet war. Da wußte er seine Losung. Er blickte zum Vater auf und sagte: »Mein Spruch soll sein: Ich helfe den Schwachen.«

WAS DER TEUFEL NICHT VERTRAGEN KANN

Märchen

Ein König verirrte sich in einem großen Walde. Nachdem er eine Zeit herumgegangen war und den Weg nicht fand, wurde er fuchsteufelswild. Und es fuhr ihm der Ausdruck heraus: – Hol's der Teufel! –

Da stand auch schon der Teufel vor ihm. »Du hast dich verirrt? Ich werde dich führen.«

Und richtig: Er führte ihn aus dem Walde heraus. Dann aber sagte er:

»Das habe ich ganz gern getan, nur eine Kleinigkeit ist damit verbunden. Nächstens werde ich kommen und mir die Reichskleinodien holen. Gut Werk will guten Lohn!«

Noch vor dem Eintritt in die Stadt fand der König sein Gefolge wieder. Die Herren machten ein großes Geschrei, der König aber war nicht redselig. Er erzählte nur, auf welchem Wege er endlich aus dem Wald herausgekommen sei. Vom Teufel sagte er nichts.

Aber als er nach Hause kam, erzählte er der Königin sein ganzes Abenteuer. »Ich weiß nicht, ob es dem Teufel wirklich ernst gewesen ist«, sagte er schließlich.

»Doch, doch«, erwiderte die Frau, »dem Teufel ist es immer ernst. Das weiß ich schon lange!«

Nun, wer kann wissen, was noch alles geschieht? Sie beschlossen, auf jeden Fall die Kleinodien in Gewahrsam zu bringen.

Die Königin sagte: »Den Wächtern trau ich nicht. Wenn es einmal darauf ankommt, schlafen sie sicher ein. Am besten hüten wir die Kleinodien selber. Wir nehmen sie in unser

Schlafgemach: da sind sie gut aufgehoben beim Wachen und beim Schlaf.«

Der König freute sich über den guten Rat, der auch gleich ins Werk gesetzt wurde.

In den nächsten Nächten wachten der König und die Königin um die Wette, aber der Teufel kam nicht. Am dritten Abend sagte die Königin zu ihrem Gemahl:

»Eure Reichsgeschäfte machen Euch Sorge genug. Ich kann es nicht mit ansehen, wie Ihr so Nacht um Nacht sollt daran geben wegen solch eines dummen Teufels. Schlaft heute nur ruhig. Mir kommt schon noch ein Rat, daß es ihm, wenn er erscheinen will, am Empfang nicht fehlen soll!«

Der König war so froh über diese Beschwichtigung, daß er schon schnarchte, ehe er noch Zeit fand zu fragen, was für ein Rat denn das sei. Die Königin gebrauchte aber eine List. Sie schob das goldne Bettlein, in dem ihr jüngstes noch nicht dreijähriges Töchterlein schlief, aus dem Zimmer heraus und stellte es zwischen die innere und äußere Tür des Königlichen Schlafgemaches.

Das war gerade die Nacht, in der der Teufel es ernstlich meinen wollte. In der Dunkelheit schlich er sich in die Stadt ein, huschte durch das Tor der Königsburg und ging an den beiden Torwächtern des inneren Tores vorbei, von denen der eine gerade seine Hellebarde weggelegt hatte, um sich laut gähnend den Schlaf aus den Augen zu reiben, der andere aber sich weggebückt hatte, weil ihn plötzlich so hart das Niesen ankam. Der Teufel schnitt eine Grimasse und eilte mit unhörbaren Schritten die Treppe hinauf. Er schnupperte und schnupperte.

»Aha, im Schlafgemach!« Und es juckten ihn schon die Klauen, wie er jetzt an das Gemach heranschlich. Ganz leise machte er die äußere Tür auf. Aber wie groß war sein Entsetzen, als er das kleine Kind da liegen sah. Er fluchte über seinen Urgroßvater und die ganze Ahnenreihe hinauf. Was tun? In der Not wird der Teufel dumm. Das kann er aber nicht glauben: Solch ein Schabernack, der soll ihn abhalten, und er hört schon den König schnarchen und die Kleinodien, die schönen Kleinodien sind da, auf kaum einen Sprung!

Er guckt und starrt und glotzt, ob nicht noch jemand kommt, der das Kind wegbringt. Doch wie er sich vornüberbeugt, lächelt das Mädelchen auf einmal im Traum. Wenn Engel lächeln, bekommen die Teufel das Leibgrimmen. Den armen Teufel schnitt es gewaltig. Er zog den Schwanz ein und – hui war er fort. Weg über die Wächter, weg über die Stadt.

Eine Stunde nach Mitternacht erwachte der eine der beiden Torwächter, der inzwischen schon längst eingeschlafen war, und sagte zu seinem Kameraden, zu dem, der geniest hatte:

»Du, ich mein, ich mein es tät hier grad riechen als wie nach Schwefel!«

»Meiner Treu«, sagte der andere, »daß du auch immer so bald Lunte riechst.«

Der nächste Morgen war ganz besonders sonnig und schön. Und das jüngste Prinzeßlein lachte beim Aufwachen so hell. Da sagte die Königin zum König: »Ich weiß, was ich weiß. Sicher ist der Teufel heute Nacht dagewesen. Und ich sage Euch: er kommt so bald nicht wieder!«

Nun erzählte sie dem König von ihrer List. Der König lobte sie sehr und sagte:

»Glaubt mir's: wenn Ihr auch nichts gesagt hättet, heute nacht habe ich es wohl gespürt. Ich hatte noch einmal geträumt, wie ich im Walde verirrt war, und wie der Teufel gekommen ist. Und dann war mir, als stünde er hier vor meinem Bett und starre mich an mitten in der Dunkelheit und rufe mir zu: gib die Kleinodien heraus, gib die Kleinodien heraus. Aber wie froh bin ich, daß wir ihn jetzt los sind!«

»Halt, halt«, sagte die Königin, »ganz so rasch geht's nicht. Es ist ein Gesetz der Geister, der guten wie der bösen, daß sie mindestens dreimal kommen.«

»Aber wir können doch unser Töchterlein nicht Nacht für Nacht vor der Türe schlafen lassen«, sagte der König.

»Das ist nicht nötig«, erwiderte die Königin. »So dumm ist der Teufel nicht, daß er zweimal zur selben Stunde kommt. Ihr könnt sicher sein, daß er uns nachts nicht mehr wird besuchen wollen, solange wir daheim sind.«

»Ja aber«, sagte der König, »dann können wir ja wachen von früh bis spät.«

Die Königin lächelte und sprach: »Laßt mich nur machen!«

Den Teufel hatte das Grimmen scheint's doch recht arg gepackt. Denn es dauerte einige Wochen, ehe er sich zu einem nächsten Besuch entschließen konnte. »In der Nacht«, sprach er, »geht scheint's neuerdings zuviel von diesem albernen Gesindel um, den guten Geistern und Geisterchen. Der Tag wird doch immer mehr unser Bereich. So will ich in Urgroßvaters Namen es einmal am hellen Morgen versuchen.«

Gedacht, getan.

An dem Morgen waren gerade einige Hirten auf der Landstraße, die trieben ihre Schafherde der Stadt zu. Der Teufel ist aber ein großer Verwandlungskünstler. Und kaum sah er die Hirten, so kam ihm schon der Gedanke: Das wäre einmal lustig – ich will auch einmal ein biederer Hirte sein. Außerdem komme ich so unversehens ein großes Stück Weg weiter der Stadt zu. Und ehe es sich die Hirten versahen, stand da auf einmal ein rechter Hirtenkamerad mit krummem Stab, bot ihnen regelrecht einen guten Morgen und fragte, ob er sich nicht zu ihnen schlagen dürfe. Den Hirten war es recht, sie merkten nichts Übles.

Aber es ist schon ein Zeichen, daß wir nicht gar zu stolz sein sollen auf unsern Witz: die Tiere nämlich wittern allen

Unrat viel besser als der Mensch. Und so kam es, als der Teufel kaum hundert Schritte als Hirte mit der Herde gegangen war, daß die Schafe plötzlich anfingen, unruhig hin und her zu springen, gegeneinander zu stoßen, sich zu schaben und zu jucken, als würden sie von hunderttausend Zecken geplagt. Und die Hunde kläfften und fuhren durch die Schafe, und die Hirten hieben mit ihren Stöcken zu und wußten gar nicht, was los war. Und wie der Teufel schon sah, was für ein Spiel da entstand, so begann er es selber ganz arg zu treiben. Und er trieb seine Verwandlungskunst weiter und verwandelte sich bald in einen Hund, bald in ein Schaf, bald in den einen Hirten, bald in den andern und schimpfte und fluchte, daß die Bäume am Waldesrand sich bogen. Da bekamen die Hirten alle einen ganz schrecklichen Zorn gegeneinander und nahmen ihre Stöcke, schrien aufeinander los und prügelten sich, und die Hunde kläfften und wauten, und die Schafe blökten. Es war wirklich ein teuflischer Lärm. Mitten im ärgsten Gemenge aber entwischte der Teufel ganz und stob lachend davon. Als die Hirten sich einige Beulen eingeschlagen hatten, kamen sie ein wenig zur Besinnung und schauten auf und sahen, daß der Kamerad von vorhin nicht mehr unter ihnen war. Da guckten sie ganz verdutzt herum, lachten und vermuteten wohl, daß da irgend ein Spuk im Spiel gewesen sei: denn sobald der Hirte einmal mehr Wolle läßt, als seine eigenen Schafe, ist's meistens nicht ganz nach göttlichem Schick zugegangen.

Der Teufel aber war schon wieder ein gutes Stück Weg's voran. Da sah er einen sehr gelehrten Herrn die Straße ziehen. Das war gar ein berühmter Rechtskundiger, der auf dem Wege zur Stadt war, um einen feinen Rechtshandel durchzufechten. Er wollte da schweres Geld verdienen und freute sich schon im voraus, wie ihm die Goldstücke in der Tasche klimpern würden. Und die Hauptsache war, daß er ein fein säuberlich aufgesetztes Aktenstück mit sich trug, in dem der ganze Rechtsbeweis ausführlich und deutlich geschrieben stand. Das wollte er bei der heutigen Verhandlung vorlegen und großen Ruhm ernten. Alsogleich war der Teufel auch ein Notar und kam mit gravitätischen Schritten seinem Herrn Kollegen entgegen und bot ihm einen zierlich geschnörkelten Gruß, nicht minder schön, als wie auf der Titelseite des wichtigen Papierstücks die Buchstaben waren. Und tat sich wie einer, der vom fremden Land herreist, um in aller Herren Gebiete zu lernen, was Rechtes und Rechtens sei. Da fragte er auch den gelehrten Herrn, der das Aktenstück trug, wie er denn heiße. Und wie er den Namen hörte, tat er höchlichst erstaunt und erfreut und rief mehrmals: ei, ei, finde ich doch endlich den berühmten Mann, von dem ich schon in drei Ländern habe erzählen hören, und von dem alle Leute sagen, er könnte noch zehnmal mehr beweisen, als in irgendeinem Buche geschrieben steht! Dem Rechtsgelehrten ging – wohl weil er ein bißchen zu früh aufgestanden war – diese Rede gar hold ins Ohr, und weil es ihn prickelte, dem fremden Studiosus sogleich eine Probe der hohen Spitzfindigkeit zu geben, sagte er:

»Wahrlich, Euch hat eine gute Stunde mir auf den Weg geführt. Da schaut einmal her. Wenn es Euch gefällt, kann ich Euch Einblick geben in den feinsten Rechtshandel, welcher derweilen in den umliegenden zwölf Königreichen verhandelt wird.« Und er führt den Teufel etwas abseits vom Wege an den Waldrand, und sie setzten sich unter einen hohen Baum. Da machte der gelehrte Herr sein Aktenstück auf, und der Teufel schaute ihm über die Schulter und hörte scheinbar voll Andacht dem gelehrten Gerede zu. Da, wie der Herr bei einer ganz wichtigen Stelle mit großem Stolz dreimal mit dem Finger auf die Seite schlug, war – wer beschreibt den Schreck – auf einmal ein ganz dicker, daumentupfengroßer Tintenklecks auf dem schönen Blatt. Der Mann guckte und guckte: »Ja aber«, sagte er, »ja aber, wo kommt denn da die Tinte her!«

»Ach woher«, sagte der Teufel, »das ist doch mein Lebtag keine Tinte. Das ist nur solch ein kleiner Regentropfen von gestern abend her, der gerade noch oben am Baume hing. Seht, da kommt gleich noch einer.« Es kamen aber ihrer drei. Und wie der erstaunte Rechtsgelehrte zu dem Baume nach oben blickte, von dem die sonderbaren Regentropfen kamen, kam ein weiteres Tröpflein, so groß wie ein Taubenei, und schlug ihm klatsch auf die Nase. Und gleich nachher, wie es auch bei einem regelrechten Wetter zugeht, fing es richtig zu regnen an. Da wurde all die feine Gelehrsamkeit, die auf dem Blatt geschrieben stand, so säuberlich gewaschen, daß man es nachher noch richtig schwarz auf blau lesen konnte. Der Teufel aber hatte sich derweilen mit den Worten: »Potz Blitz, solch feinen Regen habe ich noch nicht einmal in Frankreich gesehen!« französisch empfohlen.

Als der Teufel schon nahe dem Stadttor war, sah er, wie gerade ein Trupp Hellebardiere im Begriff war, zur Stadt hineinzumarschieren. Flugs nahm er Soldatengestalt an und mischte sich unter den guten Haufen. Und gleich auch, wie es sich gehört, marschierte er eins, zwei – eins, zwei in Reih und Glied, als hätte er sein Lebtag nichts anderes getan. Nun waren die Hellebardiere in diesem Königreich just so brave Leute, wie in allen anderen Königreichen auch, will sagen, sie hatten die Gewohnheit zu schimpfen und zu fluchen, daß die Spatzen tot vom Himmel herunterfielen. Unter diesen Hellebardieren hier war einer, der war ein ganz ausgezeichneter Meister dieser altbewährten Soldatenkunst. Man sagte von ihm, er habe da eine besondere Ausbildung von der Hochschule in Spanien gehabt. Bei dem ging's nämlich gerade so wie sonst beim Niesen oder Gähnen: er brauchte nur ein wenig vorzumachen, und hundert andere stimmten herzhaft ein. Nun ging es an dem Morgen, wie die Hellebardiere so durch die Straßen marschierten, ganz sonderbar zu. Die Leute rissen die Fenster auf, guckten heraus, horchten und horchten: so ruhig waren die Hellebardiere ihrer Lebtag noch nie durch die Straßen marschiert, ja es waren da welche unter ihnen, die guckten ganz sittsam zu Boden, wie die 16-jährigen Mädchen. Es sah schier aus wie eine heilige Bußprozession. Vor lauter ungewohnter Stille und Frömmigkeit ward es einigen älteren unter den Kumpanen ganz hohl im Magen. Und sie guckten immer um und um, was denn los sei. Schließlich fiel ihnen auf, daß der alte Radaumeister an diesem Morgen richtig noch kein einziges Mal geflucht hatte, statt dessen aber daher schritt mit Augen, die sich verdrehten, immer größer und größer. Und schließlich seufzte er dreimal tief und sagte: »Ich weiß gar nicht, mir ist so feierlich heute zu Mut!«

Der Teufel hatte aber unterdessen seinen Spott und sein Spiel. Und da er die Sprichwörter gut kennt, so wußte er auch: jedes Ding hat seine gute Zeit, oder zwacke den Büßer, derweilen er fromm ist. Und so führte er, allen ein bißchen Sand in die Augen streuend, die frommen Hellebardiere statt zu der königlichen Hauptwache, zu einer Art Kirche hin. Da war aber nicht ein Gockel auf dem Turm oder ein Kreuz. Was nämlich des Teufels Kirche ist, das ist die große Nachtherberge der fahrenden Handwerksburschen. Und weil es nun einmal die Regel will: Ordnung und Sauberkeit über alles, so waren gerade an dem Morgen die Stadtbüttel daran, nachdem doch erst vor knapp zehn Jahren die letzte Reinigung gewesen war, die Herberge ein wenig auszulüften und die Strohsäcke richtig auszuklopfen. Bei den Handwerksburschen jener Zeit aber galt der Spruch: wandere mindestens zu zweit, schlafe mindestens zu hundert. Wobei mit dem letzteren aber nicht gar oder durchaus Handwerksburschen gemeint sind, sondern allerlei kurzweilige und langbeinige Gesellen, die sich nächtlings auf die Wanderschaft begeben, wenn der Strohsack nur recht geschüttelt wird. Einen Morgenspaziergang aber hatten diese braunen Kameraden seit Jahr und Tag nicht mehr erlebt. Und so kam es: wie die Hellebardiere, die vor lauter Frömmigkeit noch nichts gefrühstückt hatten, endlich auf dem Platz vor der Herberge sich lagerten und sich ein wenig gütlich tun wollten, sprang der Teufel, seine Hellebarde zurücklassend, in einem Satz über alle weg. Nun ist er der Flöhe Meister. Und kaum hatte er sich mit dem kühnen Sprung und Schwung verabschiedet, so gab es über die hunderttausend Flöhe, sie wußten nicht wie. Und sollen dort ein Frühstück gefunden haben, von dem die Hellebardiere zehn weitere Jahre lang erzählt haben. Und es geht auch die Mär, daß diese braven Leute bei ihrer Rückkehr durch die Straßen soviel gut gemacht haben von dem, was sie frühmorgens versäumt hatten, daß den Leuten wieder richtig leicht ums Herz geworden ist.

Der Teufel aber kam endlich vor die Pforte des Königsschlosses. Schon vor mehreren Tagen hatte die Königin ihren beiden kleinen Söhnen schöne goldene Spielmünzen geschenkt und sie angeleitet, recht fleißig im Garten und überall vor dem Schloß damit zu spielen. Dieser Rat war ihr im Traum zugesprochen worden. Als nun der Teufel vor die Pforte kam, sah er schon von weitem die Knaben, welche in der Weise spielten, daß sie immer wieder die Münze an die Wand warfen und zusahen, wie weit sie sprang. Gleich fuhr es dem Teufel in die Glieder: Er ward auch ein kleiner Knabe und gesellte sich dem Spiel der Kinder zu. Die Knaben hatten des kein Arg und ließen den fremden Burschen, der übrigens fein säuberlich angezogen war, ruhig mitspielen. Das Spiel ging aber so, daß, wenn einer einen Wurf machte und eine

Münze übersprang, die anderen, die schon am Boden lagen, allesamt ihm gehörten. Der Teufel war voller Begierde. Er selber warf ziemlich kläglich: denn er kann einmal, was er kann. Im Lernen von neuen Dingen ist er etwas schwerfällig. Es machte ihm aber eine besondere Freude, mit aller seiner Teufelskraft die Würde des großen Knaben heimlich zu unterstützen, so daß dieser immer mehr und mehr gewann und das Gesicht des kleinen Knaben länger und länger wurde, daß das Weinen nicht mehr weit war. Gerade übersprang der große Knabe noch die letzte Münze seines kleinen Bruders und steckte sich zehn schöne klimpernde Münzen in die Tasche. Der Teufel, dem der Kleine fünf Münzen geborgt hatte, machte nicht die geringste Miene, eine Münze wieder herauszugeben. Da griff der ältere Bruder in seine Tasche, in der soeben die zehn blanken Stücke verschwunden waren, und holte fünfzehn neue heraus: »Nimm, da hast du sie wieder!«

Der Teufel wurde ganz starr. So was hatte er noch nie gesehen: Daß einer gewinnen kann und sich dann noch selbst in Verlust setzt. Und da er von diesem Spiel, ebensowenig wie überhaupt von irgendeinem guten Spiel etwas verstehen kann, ärgerte er sich derart, daß sein Gesicht röter und röter wurde, und daß – allen Verwandlungskünsten zum Trotz – auf einmal die volle Teufelsfratze zu dem von ihm angenommenen Knabengesicht hervorplatzte.

Die Kinder schrien auf: »Der Teufel, der Teufel!« Man hörte Schritte von Hellebardieren. Der Teufel glaubte diese Schritte noch gut zu kennen. Es mochte inzwischen wohl sein, daß ein Trupp der von ihm so genasführten Waffenbrüder in der königlichen Hauptwache angelangt war. So gab er schleunigst Fersengeld. Er fegte durch die Hauptstraße dahin, merkte aber gar nicht, wie einer der Hellebardiere, der die Flöhe nicht besser zu ersäufen wußte, als daß er inzwischen in einer Schenke dem Branntwein gut zusprach, gerade aus der Schenke herausgetorkelt kam. Es war derselbe, dem an jenem Morgen just so feierlich gewesen war. Wie der arme Teufel nun schon einmal Pech hatte: Er rannte im Dahersausen den Mann so tüchtig an, daß beide mit den Nasen aufeinanderstoßend zu Boden fielen. Nun hatte der Mann nach seinem Maße noch lange nicht all das nachgeholt, was er am Morgen versäumt hatte. Und wie er da den schiefmäuligen Gesellen sieht, der ihn nur angrinst und nicht einmal recht Pardon sagt, da überkommt unseren Hellebardier eine wahre Teufelswut. Und alle Schockschwerenöte und Donerwetter, die er sich auf der Zunge verbissen hatte, die soll er in der Hellebardensprache so nachgeholt haben, daß der Teufel blau und grün geschlagen drei Wochen lang zu Bett gelegen sei. Und hat nicht einmal seine Urgroßmutter mehr recht gewußt, wie er zu pflegen war.

Der Teufel wurde dann auch recht reuig und beschloß im Stillen, weitere Forschungsfahrten, wenigstens nicht mehr auf den Namen dieser Alten zu übernehmen.

Der König und die Königin hatten nun Muße zu warten; denn vom Teufel war lange Zeit hindurch nichts mehr zu hören, noch zu sehen. Hätte die Königin nicht so bestimmt behauptet, daß er sicher noch ein drittes Mal käme, so wäre dem König die Sache längst gut gewesen. Nach einigen Wochen ereignete es sich, daß der König und die Königin aufgefordert wurden, an einem Hochzeitsfeste teilzunehmen, das mit großem Prunk in einem benachbarten Reich begangen wurde. Und da alle Könige weit und breit zu diesem Feste geladen waren, konnte der König die Einladung nicht absagen. Aber einer seiner ersten Gedanken war: was wird nun aus den Reichskleinodien? Er teilte der Königin seine Sorgen mit. Da sprach die Königin wieder: »Laßt mich nur machen. Wir lassen die Kleinodien in unserem Schlafgemach zurück, und Ihr sollt sehen, wir finden alles ganz unversehrt wieder.«

»Ihr sprecht, meiner Treu, sehr sicher«, sagte der König. »Wenn Ihr es wahr machen könnt, will ich zu Euch hinaufschauen mein Leben lang. Wenn aber nicht, – dann sind die Kleinodien eben – –« Er sprach nicht aus. Doch die Königin lächelte überlegen. Am Tag vor der Abreise erbat sie sich den Schlüssel zur alten Schatzkammer. Sie ließ aus der Kammer die goldene Harfe hinaustragen, die als Erbstück aus alten Zeiten dort stand und seit hundert Jahren nicht mehr gespielt worden war. Man trug die Harfe in das königliche Schlafgemach. Derweilen aber hatte die Königin von einem Goldschmied einen vergoldeten Draht anfertigen lassen, der war so fein, daß man ihn mit dem bloßen Auge kaum sehen konnte. Als der König die Harfe sah, schüttelte er den Kopf über die sonderbare Veranstaltung. Vom Draht aber sagte ihm seine Gemahlin nichts, sondern meinte nur, er könne jetzt unbesorgt hinausgehen, sie bäte ihn nur darum, diesmal selber das Schließen der Türen überwachen zu dürfen. Kaum aber war der König hinausgegangen, so nahm die Königin den feinen Draht und verband jedes Stück der kostbaren Reichskleinodien mit einer der goldenen Harfensaiten. Sie spannte die Saiten ganz fein und straff. Dann tat sie, wie sie dem König versprochen hatte. Sie achtete darauf, daß die Diener die Türen wohl verschlossen. Es war mehr eine Maßnahme, die den König beruhigen sollte. Die Königin selber legte keinen zu großen Wert darauf. Als der königliche Wagen davonrollte, guckte der König immer wieder zum hinteren Wagenfensterlein hinaus. Die Königin fragte: »Was guckt Ihr so, mein Gemahl?« Er sagte: »Jetzt nehme ich Abschied von meinen schönen Kleinodien« – und seufzte tief.

Nun hat der Teufel einen sehr feinen Geruch. Er riecht alles, was faul und brenzlig ist. Sei es im Niemandsland oder noch weiter. Und kaum merkte er, daß das Reich ohne König war und das königliche Paar die Stadt verlassen hatte, da lachte er sich ins Fäustchen.

»Jetzt ist gewonnenes Spiel«, sagte er. Und er nahm sich nicht viel Mühe mehr. Als ein Vagabund schlenderte er zur Stadt, trieb sich dort in allen Gassen herum. Die Schenken dieser Stadt mied er aber ängstlich und war auch sonst besorgt, einem von seinen ehemaligen Kameraden, den Hellebardieren, ja nicht zu nahe zu begegnen. Gegen Abend schlich er unbemerkt wie ein Schatten in den großen Schloßhof und von dort in den inneren Hof, auf welchen die Fenster vom königlichen Schlafgemach gingen. Da gute Luft das halbe Leben ist, hatte die Königin eines der kleinen Luftfensterchen oberhalb eines großen Fensters aufgelassen. Dem Teufel fuhr ein solches Vergnügen in die Glieder, daß er mit einem Bein aufhüpfte zweimal höher als seine eigene Länge.

»Au, au«, rief er aber doch, als er zur Erde niederkam. Denn er war gerade auf das Bein gefallen, auf dem er so schon hinkte. Da merkte er wohl, daß er in dieser Gestalt, wenn die Reise schon einmal nach oben gehen sollte, doch allerhand Gefahren ausgesetzt war. Flugs verwandelte er sich in einen Raben, krächzte grimmig auf, als hielte er seine Beute schon gepackt und flog zum kleinen Fensterlein in das Schlafgemach hinein. Wie er die Kleinodien blitzen und funkeln sah, hielt er es aber in seiner Rabengestalt gar nicht mehr aus. Er meinte, er könne da noch nicht genug in seine Klauen zusammenraffen. Und bereit, nachher hinauszufahren, wo immer es anging, nahm er seine rechte Teufelsgestalt wieder an. So, nun auf die Kleinodien zu. Erst einmal das Szepter gerafft, das mit zwei diamantenen Rosen geschmückt ist. Er tastete und tappte. Richtig, da hielt er es schon. Hei, wie der arme Teufel zusammenfuhr! Was sang denn da mitten in der Nacht? Einen glockenhellen Ton gab es, und wie er, dessen ungeachtet, nach dem goldenen Reichsapfel griff: Hui, fuhr er da zusammen! Einen zweiten Ton gab es, wie Engelsgesang. Verdutzt, verwirrt, erschrocken bis zur Spitze seines Schwanzes, begann der Teufel Stück um Stück zu packen, aber wie es überall einen Klang gab, da fuhr es in seine Glieder wie rasender Schmerz. Er mußte tanzen und tanzen, daß ihm die Tränen gekommen wären, hätte er nur welche gehabt. Denn einem Teufel, wenn er schon alles vertragen kann, ist reine Musik wie Gift. Und wie er so tanzte und wirbelte, immer schneller und immer schneller, da wurde ihm plötzlich Zorn und Schmerz beides so groß, daß er mit dem Aufschrei:

»Laßt mich los, laßt mich los!« – plötzlich gegen die Decke fuhr, mit seinem Kopf ein mächtiges Loch durch das Dach schlug und, im großen Bogen durch die Lüfte dahinfliegend, klatsch mit der Nase an die Tür seines Höllenhauses schlug.

»Na, na, na, wer klopft denn da so ungestüm?« sagte ein alter Höllengroßvater, der hier ehrenamtlich Pförtnerdienst tat.

»Ach, ich habe so das Kopfweh –«, heulte der Teufel, »ach, wenn du wüßtest, wie ich das Kopfweh habe! Und wie übel mir ist, wie übel! . . .«

Der König und die Königin kehrten heim. Schon während der ganzen Heimfahrt hatte der König kein Wort mehr geredet. Und kaum hatte er seinen Mantel abgelegt, so eilte er schon die Treppen hinauf, so daß die Königin Mühe hatte, ihm zu folgen. Gut, die Schlösser waren unversehrt. Soll denn die Frau doch recht behalten? Wie die Tür aufgemacht wurde, da reckte der König den Hals vor, und die Königin streckte sich und streckte sich, als hätte sie ein Auge vorn an der Nasenspitze. Hm, schön sah es nicht gerade aus da drinnen. Durch irgend etwas waren die Kleinodien in Unordnung gekommen. Aber alle waren sie da. Stück für Stück, alle.

»Seht Ihr wohl«, rief die Königin, klatschte in die Hände und tänzelte auf und ab. »Seht ihr wohl, daß sie da sind, alle, alle, alle.«

Der König aber stand da, guckte und guckte hoch hinauf. »Mein Herr Gemahl«, sagte die Königin, »so ist es recht. Nun schaut nur hinauf Euer Leben lang. Aber ganz so groß bin ich nicht, wie Ihr da steht und guckt. Die Freude hat Euch scheints das rechte Maß etwas genommen!«

Pitsch, machte es plötzlich von oben, und ein dicker Regentropfen vom Dach fiel auf die Stirn der Königin. Da guckte sie hinauf und bemerkte, daß ihr Gemahl gar nicht sie angeschaut hatte, sondern das große klaffende Loch da oben.

»Ich weiß schon«, sagte der König, »ihr Frauen müßt immer Recht behalten, aber mit dem ganz Unversehrten sieht's hier etwas windig aus. Und da danke ich dem guten Teufel noch herzlich, daß er in rechter Weise Abschied genommen hat, damit ich Euch lieber gerade in die Augen schauen kann, wir aber unser Lebtag nicht vergessen, daß alles Gute zuletzt doch von oben kommt!«

DIE DREI SPIEGEL

Vor der Außenpforte des Tempels, in dem der Weg zur Weisheitsquelle gesucht wird, standen eines Tages drei junge Männer, die Einlaß begehrten. Der Pförtner kam in große Verlegenheit. Denn erstens war der Zeitpunkt noch nicht da, zu dem neue Prüflinge aufgenommen wurden. Zweitens waren die Bewerber einander so gleich in Anstand, Schönheit und, wie es schien, auch in innerer Aufgeschlossenheit und guter Seelenart, daß es schwer fiel, den einen vor den anderen als würdiger auszusondern.

Der Pförtner bat die drei zu warten und begab sich in das Innere des Tempels, um Rat zu holen bei seinem Meister. Dieser hörte sich lächelnd an, was der Pförtner zu erzählen hatte, sann eine Weile und sagte dann: »Gib jedem von ihnen einen Spiegel und heiße sie am gleichen Tage nach einem Jahr wiederkommen!«

Der Pförtner tat, wie ihm gesagt worden war. Erstaunt empfing jeder der drei Jünglinge ein blankes Ding, wie es in jenem Land und in jener Zeit noch wenig bekannt war. Sie ließen sich sagen, daß dies ein Spiegel sei, daß sie ihn nach Lust und Gutdünken gebrauchen sollten, und daß sie sich übers Jahr wieder hier vor der Pforte einstellen könnten. Da verneigten sie sich voll Ehrfurcht und zogen davon, ein jeder seines Weges.

Als ein Jahr vergangen war, standen die drei wieder vor dem Tor und klopften an. Wie staunte jetzt aber der Pförtner, nachdem er das Tor aufgemacht hatte! Gleich erkannte er sie wieder. Es waren dieselben, die vor einem Jahr dagewesen waren, doch keiner von ihnen schien mehr der gleiche. Dem einen standen jetzt die Augen im Gesicht wie zwei Sterne, über der Stirn des zweiten lag ein heller Glanz; aber die Züge des dritten erschienen verzerrt und verwirrt, und sein Blick war unruhig und trüb und müde.

Alle drei hatten ihren Spiegel mitgebracht und hielten ihn dem Pförtner hin. Dieser wandte sich zuerst an den dritten. »Mein Freund«, sprach er – »was hast du denn mit deinem Spiegel getan? Seltsam, scheint es, bist du mit ihm umgegangen.«

»Nenn es immerhin seltsam«, erwiderte jener trotzig. »Ich habe das blanke Ding zu dem gebraucht, wofür es mir einzig gut schien. Morgens und abends und wenn es mir sonst gefiel, habe ich hineingeguckt. Da habe ich mich selbst erst kennengelernt. Ich bin glücklich, daß du mir den Spiegel gegeben hast; und ich weiß nun auch genau, warum es geschah.«

»Es wird sich erweisen«, sagte der Pförtner und richtete das Wort an den zweiten. »Hat dein Spiegel dich auch so glücklich gemacht?«

»Nein, Pförtner, anfangs nicht«, nahm dieser langsam und zagend die Rede auf. »Nur wenige Tage konnte ich mich freuen, mein eigenes Gesicht im Spiegel zu sehen. Dann aber schien es mir von Mal zu Mal grauer und trüber zu werden, so daß ich erschrak. Und lange wagte ich nicht mehr hineinzuschauen. Bis ich nachts im Traum eine Stimme hörte, die sprach: geh hinaus und suche den Spiegel, der niemals trübe wird! Und da bin ich hinausgegangen, und die Stimme führte mich. Ich bin am See gestanden, und ich habe gesehen, wie sich des Tags die Waldbäume in ihm spiegeln und nachts die Sterne. Und dann habe ich gesehen, wie ein einziges Tröpflein Tau die Morgensonne spiegeln kann. Immer mehr lernte ich den Spiegel lieben, den der Himmel sich selbst auf Erden gesetzt hat. Aber fast habe ich den vergessen, den du, o Herr, mir gegeben hast. Ich weiß nicht, ob ich recht getan habe. Doch ruhiger und klarer bin ich geworden, als zu der Zeit, da ich mich selbst im Spiegel sah.«

Auf diese Rede erwiderte der Pförtner nichts. Ernst und gütig blickte er den Sprecher an und reichte ihm die Hand. Dann fragte er mit leiser Stimme den ersten, dessen Augen so herrlich leuchteten: »Und was hat sich dir im Spiegel gezeigt?«

»Daß ich ein Tor bin, meiner selbst unkundig und der Welt«, entgegnete jener demütig. »Denn denk nur, ich war so dumm und merkte so wenig, was ein Spiegel ist, daß ich mich gar nicht darin erkannt habe.«

»Und wen meintest du denn darin zu sehen?« fragte der Pförtner überrascht. »Denn was eines Menschen Antlitz ist, das wußtest du doch immerhin?«

»O ja, das wußte ich«, sagte der Jüngling. »Und doch überkam mich ein seltsamer Wahn, der bis zum letzten Vollmond gedauert hat. Zunächst wagte ich gar nicht, in den Spiegel hineinzuschauen. Da ich ihn aus dem Tempel empfangen hatte, hielt ich ihn für ein heilig Ding, das man nicht ohne weiteres gebrauchen soll. Ich hing ihn in einer Ecke meines Zimmers auf über einem Tischlein, auf dem seltsame Steine stehen, die mir von Kindheit an lieb waren. Ich hatte sie gerne mit meinem älteren Bruder betrachtet, der seit sieben Jahren verschollen ist. Nur morgens ganz früh in der Dämmerung pflegte ich dieser Ecke zu nahen. Immer sprach ich zuvor ein Morgengebet.

Auch am nächsten Morgen tat ich nach dieser Gewohnheit. Während ich mein Gebet sprach, fühlte ich eine heimliche Trauer in mir. Ich mußte an meinen Bruder denken und daran, daß ich jetzt etwas Kostbares besaß, was er nie gesehen hatte. Endlich trat ich an das Tischlein mit den Steinen heran, und scheu hob ich meinen Blick zum Spiegel.

Da packte es mich am Herzen· Ich glaubte im Spiegel meinen Bruder zu sehen, wie er mich fest und klar und mahnend anblickte. Auch schien mir, daß er mich etwas fragen wollte.

Rasch trat ich wieder zurück. Ich begann darüber nachzusinnen, was dieser Blick mir wohl sagen wollte. Bei allem, was ich tat, fühlte ich ihn auf mich gerichtet, und er drang mir immer tiefer ins Herz. Endlich kam mir ein lösender Gedanke: dein Bruder ist gewiß tot – sagte ich mir – und der Spiegel, den dir der Pförtner am Tempel gegeben hat, ist ein Fenster, durch das die Menschen, die in der Sternenwelt leben, zu dir hineinschauen können!

Als ich das gedacht hatte, ging die Trauer, die ich seit dem frühen Morgen spürte, aus meinem Herzen weg. Ich fühlte etwas Tröstendes in mir, ja selbst eine gewisse Freude. Und in der Freude war ein Entschluß: ich wollte den ganzen Tag so leben, daß ich die Frage verstehen lernte, die im Blick meines Bruders zu lesen war. Ich wollte meine Augen und mein Herz reiner machen, um mehr noch zu vernehmen, was der Spiegel mir sagen möchte. Morgen für Morgen trat ich so an den Spiegel heran und hielt stumme Zwiesprache mit dem Bild meines Bruders. Mir war mit der Zeit so, als werde etwas umgeschmolzen in meinem Herzen.

Vielleicht wüßte ich bis heute nicht, daß ich in einem Wahn gelebt habe, wenn mir nicht ein Zufall geholfen hätte. Um die Zeit des jüngsten Vollmondes war es, als ich nach kurzer Nachtruhe wieder vor den Spiegel trat. Das Bild meines Bruders blickte mich diesmal freudig und bestätigend an. Doch etwas Neues überraschte mich: auf seinem Haar über der Stirn lag eine Himmelsblüte, wie ein kleines glühendes Herz. – Ich verstehe dich, Bruder, sprach ich in mir: du willst mir sagen, daß ich noch höher von der Erde mein Herz erheben soll, hinauf zu dir in die Sternenwelt.

Aber während ich so dachte, fuhr ein Windstoß durch

den Raum. Die Himmelsblüte im Bild verschwand. Ich sah sie deutlich zu Boden fallen. Es war ein Rosenblatt. Nun erinnerte ich mich, daß ich am Spätabend durch den Rosengarten gestreift war. Und seither hatte ich dies verwehte Blatt, ohne es zu merken, im Haar getragen. Es stach mich plötzlich wie ein Dorn ins Herz: ich wußte, daß ich im Spiegel immer nur mich selbst erblickt hatte. Und seit jenem Tage verhüllte ich ihn.

Verzeih nun, o Herr«, so schloß der Jüngling, »wenn ich von dem kostbaren Ding, das du mir gegeben hast, einen gar so verkehrten Gebrauch gemacht habe. Durch einen frommen Wahn hat es mich entrückt und durch einen Schmerz zu mir selbst zurückgebracht. Und wenn ich es auch so töricht verkannt habe, ich will ihm doch immer dankbar sein.«

Der Pförtner wollte eben dem Jüngling seine beiden Hände entgegenstrecken, verneigte sich aber plötzlich tief. Eine hohe Gestalt stand wie aus dem Boden gewachsen vor ihnen da. Alle wußten unmittelbar, daß dies der Meister war.

Und zu dem, der zuerst erzählt hatte, wandte sich der Meister mit strengem Blick. »Töricht«, so sprach er, »bist du allein gewesen. Du hast den Spiegel nicht gebraucht, sondern in Eitelkeit dich von ihm verbrauchen lassen. Ziehe nun in die Welt hinaus auf sieben Jahre und schaue fleißig um dich. Und wenn du es fertig bringst, in dieser Zeit den Spiegel ganz zu vergessen, dann magst du vielleicht von dem Übel, das er dir gebracht hat, genesen, und darfst noch einmal an diese Pforte klopfen.«

Zu dem zweiten sprach er: »Geh ein durch die Pforte, Freund, du hast dich bereitet, im Vorhof des Tempels Dienst zu tun.« Doch den dritten ergriff er bei der Hand und sagte: »Du aber komme, mein Sohn: der Weg zum Innersten des Tempels steht dir offen. Dort wartet auf dich schon dein Bruder, der sieben Jahre verschollen war.«

DER KREUZTALER

Zwei Knaben spielten seit ihrer frühesten Kindheit viel miteinander. Die Eltern des einen waren mit allen Glücksgütern dieser Erde gesegnet; der andere war arm, dazu auch kränklich. Eines Tages schenkte der reiche Knabe seinem Gespielen einen schönen blanken Taler, auf dem ein Kreuz zu sehen war. Der arme Knabe wußte sich vor Glück kaum zu fassen. Immer wieder betrachtete er die für ihn so kostbare Münze, und seit jenem Tage nannte er seinen Freund, wenn er von ihm sprach, nur noch den Kreuztaler-Spender.

Nun wollte es die Vorsehung, daß der arme Knabe früh starb. Der reiche hatte bald seinen Spielgefährten vergessen. Er ging ganz andere Wege, kam in die großen Städte, wo er viel lernte, und wurde ein berühmter Mann. Er reiste über See in ferne Länder und forschte nach seltenen Pflanzen und Tieren. Über das, was er gesehen und entdeckt hatte, schrieb er große Bücher, die in aller Munde waren. Das Haus, in dem er lebte, war prunkvoll und viele Gäste gingen aus und ein. Sobald sich aber ein Bettler vor dem Tor zeigte, wurde er von den Dienern des reichen Mannes abgewiesen. Er baute zwar ein Armenhaus und wurde auch dafür gerühmt. Aber die einzelnen Armen kannte und sah er nicht mehr.

Hochbetagt starb endlich auch der reiche und berühmte Mann. Er wurde mit allem Pomp beerdigt, und über seinem Grab wurden viel klingende Reden gehalten. Seine Seele aber machte sich, arm und einsam, auf den mühsamen Weg, der zum Himmelstor hinanführt. Als er eine Zeitlang gepilgert war, sah er, wie ihm eine Gestalt entgegenkam, die abschreckend häßlich war. »Halt, steh still«, rief die Gestalt.

»Wer bist du denn«, fragte zitternd die Seele des Forschers, »und was willst du von mir?«

»Ich bin die Eitelkeit«, entgegnete die Gestalt, »und ich bin gekommen, mir zu holen, was mein ist!« Sie machte eine Bewegung mit der Hand, und es ward schwarze Nacht um die Seele. Blind und noch mühseliger, noch gedrückter schleppte sie sich weiter. Doch nicht lange, und sie merkte, daß wieder eine Gestalt auf sie zuschritt, deren Nahen sie ganz durchschauerte. »Halt!« rief auch die zweite Gestalt, »steh still!« »Wer bist du?« stammelte der Forscher. »Ich bin der Ruhm«, rief jene, »und bin gekommen zu holen, was mein ist.« Sie blies ihn an, und stumm wurde es um die Seele, wie eine bleierne Stille.

Blind und taub und ganz in die Irre getrieben, tastete sie sich weiter. Und obwohl sie nicht sehen und nicht hören konnte, merkte sie nach einiger Zeit doch, daß eine dritte Gestalt ihr nahte, vor der sie sich wie zu Stein erstarren fühlte. Einem unhörbaren Gebot folgend, blieb sie von selber stehen. Und sie spürte, wie die Gestalt sie zu Häupten berührte und eine eisige Kälte über sie ausschüttete.

»Das war die Geselligkeit der Welt«, sprach ganz in sich zusammenschrumpfend die bettelarm gewordene Seele.

Unsagbar verkümmert versuchte der Forscher weiterzupilgern. Es war mehr ein Kriechen als ein Gehen. Er wußte nicht mehr, ob es ein Steigen oder ein Fallen war, und ob Tage oder Jahre darüber hingingen.

Wunderbarerweise aber merkte er einmal, daß es vom Herzen her warm in ihm wurde, wie wenn es anfinge aufzutauen. Und in der Wärme und im Tauen kam es auf ihn zu wie ein leises Klingen. Da merkte er, daß er mit dem Herzen hören könne. »Kreuz-Spender, Kreuz-Spender«, tönte es leise rufend zu ihm.

Er fühlte sich wie im Traum belebt und tastete sich weiter in der Richtung, aus der die Stimme rief. Dann schien sie wieder zu verhallen. Aber von Wegstrecke zu Wegstrecke wurde sie lauter. Und immer reiner, immer stärker hörte er, wie es »Kreuz-Spender« rief.

Seltsam war aber noch, daß es immer wärmer um ihn wurde, während er der Stimme folgte, und daß das Licht seines Seelenauges zunahm. Plötzlich war es vor ihm wie ein Sonnenaufgang. Und aus dem goldenen Licht trat eine Gestalt auf ihn zu, streckte beide Arme nach ihm aus und rief jubelnd, daß er es hören konnte: »Kreuz-Spender, kommst du endlich?« Da erkannte er in jener Gestalt den armen Knaben, mit dem er als Kind gespielt hatte, und der lange vor ihm gestorben war.

Jener aber hatte, als seine Seele leicht und beschwingt den Himmelspfad hinangestiegen war, an jeder Wegsäule halt gemacht. Und da die schönste Erinnerung seines armen Lebens der geschenkte Kreuztaler war, hatte er in Dankbarkeit auf den Himmels-Meilenstein den Namen seines Spielgefährten geschrieben: Kreuztaler-Spender. Das leuchtete und tönte zugleich nun von allen Säulen am Himmelsweg, denn die himmlischen Lettern klingen auch.

Weil aber die Taler dort oben nichts gelten, war aus dem Kreuztaler-Spender ein einfacher Kreuz-Spender geworden.

VOR DEM TOR

Drei Gefährten wanderten miteinander. Der eine war ein tapferer Ritter, der viel für die Unschuldigen gekämpft hatte. Der andere war jemand, der den Menschen mit seinem Wissen gedient hatte. Der dritte war einer, der weder viel tat, noch viel sagte. Von ihm aber erzählten alle Leute: es wird uns wohl, wenn er nur da ist.

Die drei Gefährten wanderten so weit, daß sie an das Ende der Welt kamen. Dort wohnte ein König, der der Wächter des Tores genannt wurde. Da sie alle drei gut waren und der König Freude an ihnen hatte, erlaubte er ihnen, an das Tor zu klopfen und für eine Stunde einzugehen in das Reich jenseits des Tores.

Der Ritter klopfte als erster an. Das Tor öffnete sich, und er wurde ein Stück auf dem Wege geführt, der der Weg der wunderbaren Tafeln heißt. Auf diesen Tafeln ist eingegraben, was Gott von Anbeginn der Welt an Taten der Macht und an Taten der Herrlichkeit vollbracht hat.

Der zweite klopfte an, und wieder öffnete sich das Tor. Er wurde den Weg der unberührbaren Sterne geführt. Und jeder von ihnen raunte ihm von der Weisheit Gottes.

Der dritte wollte erst gar nicht anklopfen, denn er hatte ja keinerlei besondere Taten vollbracht. Doch der König ermutigte ihn. Da klopfte er leise, und weit sprang das Tor auf. Und auf einmal begann ein Wort um ihn zu tönen, das er viele Jahre lang in sich getragen hatte, ohne es auszusprechen. Und er wurde den schönsten aller Wege geführt: den Weg der unerkannten Kraft des Menschenherzens.

Die drei trafen sich wieder. Und sie wunderten sich, daß sie alle drei durch das gleiche Tor gegangen waren, ein jeder aber anderes gesehen hatte. Der erste und der zweite konnten von ihren Wegen erzählen. Aber der dritte konnte nichts sagen, als daß ihm ein anderes begegnet wäre. Doch indem er mit den Gefährten weiterschritt, verwandelte sich in dem einen die Macht: sie wuchs, indem sie demütiger wurde. Und in dem andern verwandelte sich das Wissen: es ward reiner, indem es stiller wurde.

DAS ROSENFARBENE TÜCHLEIN

Über ein großes Reich herrschte ein Mächtiger, der Armas hieß. Seine Vorväter waren Könige gewesen. Er selbst trug keine Krone mehr, aber wenn er etwas gebot, dann regten sich tausend Hände, es zu erfüllen, und jedermann gehorchte gern seinen Weisungen. Man rühmte an ihm vor allem zwei Eigenschaften, die sein Ansehen von Tag zu Tag vermehrten. Die eine war, daß er überall, wohin er kam, jeden Schaden, jeden Mangel, jedes Versäumnis auf den ersten Blick entdeckte. Die andere war eine große und unbestechliche Gerechtigkeit.

»Der hört das Gras wachsen« sagten die einen; »der guckt durch die Wände hindurch« meinten die anderen. Die dritten behaupteten, daß er jedes Härlein mitwiege, jeden Seufzer und selbst jeden halb unterdrückten Fluch, wenn es galt, einen Streit auszugleichen.

In den ersten Jahren, da Armas regierte, stand alles aufs beste. Dann aber kam eine Heimsuchung nach der andern übers Land. Die Ernten fielen immer schlechter aus; was die Kaufleute im Handel unternahmen, schlug fehl; selbst die Bergwerke förderten schlecht. Wie sehr sich auch Armas mühte, neu zu verteilen und gegen alle gerecht zu sein: Not und Armut wurden immer größer. Dann kamen weitere Plagen ins Land. Die Menschen wurden von rätselhaften Krankheiten ergriffen, an denen zwar nur wenige starben, die meisten aber schleppten sich elend und kraftlos dahin oder blieben monatelang ans Bett gefesselt. Alle Kunst der Ärzte versagte. Jedoch die schlimmste der Plagen war, daß überall Hader und Streit entstand. Die Menschen überschütteten einander mit bösen Worten, die wie Kugeln und spitze Pfeile waren. Nur wenige waren stark genug, sich von diesem Unfug fern zu halten. Aber selbst, nachdem Armas diese zu seinen Helfern gemacht hatte, sah er ein, daß er Tag und Nacht hätte schlichten müssen, um nur mit einem Teil der Händel fertig zu werden.

In der höchsten Not erinnerte er sich an ein Geschenk aus alten Zeiten, das ihm sein Vater hinterlassen hatte. Es war dies ein Ring mit drei Steinen, einem schimmernd grünen, einem tiefblauen und einem geheimnisvoll roten. Dieser Ring, so hatte der Vater gesagt, stamme von einem gütigen Geisterfürsten, dem Alten vom Felsen. Viel Segen habe er früheren Geschlechtern gebracht. Nun sei er aber schon lange nur einfach weitergegeben worden vom Vater zum Sohn, und seine Kraft sei ungenutzt geblieben. »Denn nur einmal noch«, sprach der Vater, »darf er gebraucht werden. Sollte einmal die Stunde kommen, wo du meinst, des Geisterbeistandes nicht entraten zu können, so begib dich in den äußersten Osten unseres Landes, dort, wo die hohen Berge aufsteigen. Am Fuße des höchsten entspringt eine Quelle. An diese tritt heran in einer Vollmondnacht. Klopfe mit dem Ring dreimal an den Felsen und wirf ihn dann ins Wasser. Bedenke aber zuvor, was du tust: es wird dann das letztemal sein, daß der Ring seinen Zauber ausüben darf. Darum prüfe gut, ob all dein eigenes Können zu Ende und die Stunde wirklich da ist.«

Armas holte den Ring aus einem kleinen Schrein von edlem Holz hervor, in dem er aufbewahrt wurde. Während er ihn in der Hand hielt, war es ihm, als hörte er die Worte des Vaters noch einmal. Er besann sich lange und dachte an alles, was er bisher im Leben getan, erreicht und verfehlt hatte. Endlich sagte er: mein eigenes Können ist schon lange zu Ende; dies muß die rechte Stunde sein.

Da es zudem nicht lange mehr bis zum Vollmond war, machte er sich gleich auf den Weg. Um nicht wieder über alles Elend zu stolpern, dem er doch nicht abhelfen konnte, ging er einsam und auf geheimen Pfaden. Nach langer Wanderung erreichte er das Gebirge und fand sich an dem Ort zurecht, den der Vater ihm beschrieben hatte. Dreimal klopfte er mit dem Ring, den er zuvor abgestreift hatte, an den Felsen. Die Steine am Ring sprühten mächtig auf, und es war, als fingen sie an zu brennen. Unerschrocken sah Armas auf das herrliche Schauspiel. Dann faßte er den Ring entschlossen und warf ihn in die Quelle hinab. Mächtig wallte das Wasser auf.

Im selben Augenblick aber auch hörte er eine Stimme. »Nicht unwürdig bist du, Armas, Sproß uralter Könige. Wohl dir, daß du den Ring nicht hast fallen lassen. Dann wäre er verloren gewesen, ohne ein letztesmal Gnade erweisen zu können!«

Die Stimme war gütig und, ohne eigentlich laut zu sein, drang sie durch das Rauschen des Wassers durch. Armas blickte auf. Die Wand war an einer Stelle weggerückt, und der Alte vom Felsen stand da. Armas spürte, wie ihn ein Gefühl der tiefen Ruhe und eines schrankenlosen Vertrauens überkam. Ohne daß eine weitere Frage an ihn gerichtet war, fühlte er sich aufgerufen, von allen seinen Nöten zu erzählen. Gütig und verstehend hörte sich der Alte alles an; ja es schien, daß er längst um diese Dinge gewußt hätte.

»Ich will versuchen, dir zu helfen«, sagte er endlich. »Aber diese Hilfe – so will es die Welt, in der ich lebe – wird zugleich eine Prüfung sein. Darum gib gut acht auf das, was ich dir sage. Ich werde drei Dinge in deine Hand geben, aber nicht als Geschenk, sondern nur als Leihgabe.« Und indem er so sprach, hatte er die Dinge schon in der Hand. »Dieses grüne Stäbchen hier – du magst es Werdeviel nennen – hat die Eigenschaft, daß es jeden Gegenstand, den Menschenwitz und Menschenfleiß geschaffen oder hervorgebracht hat, vermehren kann. Es verdoppelt, verdreifacht, vervielfältigt, je nachdem, wie oft du Dinge damit berührst.

In diesem Gefäß« – er wies jetzt etwas, das wie eine blaue Schale aussah – »ist das Kräutlein Heilegleich. Mit ihm kannst du, so oft du es nur gebrauchen willst, Krankheiten heilen und Wunden schließen.

Dies unscheinbare Tüchlein«, so sagte er, indem er ein zartes rosenfarbenes Gewebe ausbreitete, »verändert äußerlich nichts. Und doch hat es eine wundersame Eigenschaft. Wenn du es irgendwo hinlegst, ja, wenn du es auch nur verschwiegen an dein Herz drückst: da wird alles, was schön an den Dingen und gut in den Menschen ist, deutlicher zu sehen sein; und die Leute werden recht vernehmen, was wahr ist in dem, was sie selber sagen und auch in dem, was ein anderer spricht.

Diese drei Dinge«, schloß der Alte »sind dir für ein Jahr überlassen. Spätestens zum zwölften Vollmond mußt du sie zu dieser Quelle zurückbringen. Du bürgst dafür mit deinem Leben. Sollte aber eine dieser Gaben, oder sollten alle drei dir vorher leid werden, dann kannst du sie jeweils zur Vollmondzeit zurückbringen und einfach in die Flut werfen, wo ich sie finden werde. In keinem Falle darfst du sie unbenützt liegen oder gar in fremde Hände kommen lassen. Daraus würde größtes Unheil entstehen.«

»Wie sollte ich wohl je in Versuchung kommen, solche Schätze aus der Hand oder gar vorzeitig wegzugeben?« wollte Armas einwenden.

»Daß du sie nicht aus der Hand geben wirst«, entgegnete der Alte lächelnd, »will ich gern glauben. Das andere versprich nicht zu fest, obwohl es, wie ich sagte, in deinem freien Ermessen steht. Für jetzt aber – leb wohl!«

Die Felswand schloß sich und Armas war mit seinen neuen

Schätzen allein. Er trat den Heimweg auf den gleichen Pfaden an, auf denen er gekommen war.

Schon einige Tage später gingen seltsame Gerüchte im Reiche um. Der Herrscher besäße eine wunderbare Arznei, mit der er Kranke, die schon jahrelang kraftlos darnieder lagen, sofort gesund gemacht hätte. Ein ganzes Dorf, in dem fast alle gebrechlich waren, hatte er in einem Tag geheilt. Ein alter Soldat, der in der Einsamkeit lebte, weil er aus dem Krieg eine schlimme Wunde mitgebracht hatte, die sich nie schließen wollte, war ebenfalls genesen und so stark geworden wie ein Mann in jungen Jahren.

Armas mußte selbst staunen über die herrlichen Wirkungen des Kräutleins Heilegleich. Daß auch die anderen Gaben des Alten Wunderdinge wirkten, hatte er ebenso bald erprobt. Doch er glaubte, klug daran zu tun, wenn er sie zunächst nur im kleinsten Kreise hielt. Die Krankheit war wohl auch die ärgste Not. So war er vom Morgen bis zum Abend mit seinem Kräutlein unterwegs. Die Genesenen dankten ihm unter Tränen; und wenn er in eine Stadt oder ein Dorf kam, brach dort lauter Jubel aus.

Es verging aber nicht sehr lange Zeit, als sich bereits einige Mißstände herausstellten, die mit diesen Heilungen zusammenhingen. Der eine war, daß ihm keine Ruhe gelassen wurde mit Bittschriften von allerlei Ortschaften, in die er doch endlich kommen sollte. Überall auf den Wegen hingen sich solche Bittsteller an ihn und hinderten ihn weiterzugehen. Selbst nachts kamen berittene Boten an, pochten ans Tor und schreckten ihn aus dem Schlaf, den er mehr denn je nötig hatte. Denn das ständige Wandern und Heilen ermüdete sehr. Und bevor er sich zur Ruhe begab, mußte er sich mit seinen Verwaltern und Dienern über die wichtigsten Staatsgeschäfte beraten, die er ihnen stellvertretend anvertraut hatte. Besonders sein oberster Richter lag ihm täglich mehr in den Ohren wegen der weiter anwachsenden Streitigkeiten, die gar nicht mehr zu schlichten seien. Es wurden nämlich ganz neue häßliche Verleumdungen ausgestreut. Menschen aus Ortschaften, in die Armas noch nicht hatte kommen können, beschuldigten die Genossen, daß sie den Herrscher durch besondere Gaben oder Versprechungen bestochen hätten. Oder auch, daß sie ihre Krankheiten, die gar nicht so schlimm gewesen seien, durch Heuchelei und fadenscheinige Künste übertrieben hätten.

Diese Übel hatten sich schon sehr gesteigert, als die Zeit des ersten Vollmonds nach seinem Gang an die Felsenquelle gekommen war. Armas schloß sich in seinem innersten Gemach ein und überlegte lange, ob es nicht besser wäre, schon jetzt das Kräutlein Heilegleich dem Alten zurückzubringen. Und während er so dachte, schämte er sich der voreiligen Worte, die er zu dem gütigen Greis gesprochen hatte. Er fragte sich auch, ob es nicht besser gewesen wäre, das grüne Stäbchen und das rosenfarbene Tüchlein gleich überall mit zu verwenden. Aber etwas hielt ihn noch davon ab. So durchwachte er, immer wieder nachdenkend und vieles erwägend, die ganze Nacht.

Gegen Morgen aber faßte er einen Entschluß. Er schickte Boten aus ins ganze Land und ließ verkünden, daß er künftig nur noch in einer Woche von vieren ausziehen werde, um zu heilen, und daß er sich garnicht dorthin wenden werde, von wo Bittschriften an ihn gerichtet worden oder wo häßliche Streitigkeiten wegen der Heilungen ausgebrochen seien. In den übrigen Wochen aber werde er Mittel und Wege finden, um festzustellen, welche Städte und Dörfer oder auch einsam Lebende die würdigsten seien.

Die Botschaft tat ihre Wirkung. Bittsteller und Ruhestörer verschwanden. Armas konnte ungestört ausfahren. Er sah viele und vieles, prüfte und lernte kennen. Und wo er einmal in Erkenntnis schlimmer Leiden Linderung brachte, war er gewisser, etwas Gutes zu tun.

Nun aber begann sich ein anderes Übel bemerkbar zu machen, das mit dem wundersamen Kräutlein verbunden war. Es fiel Armas auf, daß ihm dort, wo er Menschen schon gesund gemacht hatte, statt dankbarer Gesichter immer mehr und mehr mürrische, ja haßerfüllte begegneten. Und das kam so. Während die Menschen krank zu Bett gelegen hatten oder sonst elend und siech gewesen waren, hatten sie die allgemein im Lande herrschende Not gar nicht so sehr gemerkt. Bei den Gesunden aber regte sich der Hunger doppelt stark, und es war einfach nicht genug da, um ihn zu stillen.

Armas sah ein, daß hier durch Botschaften und Verkündigungen nichts auszurichten wäre, und daß es wohl an der Zeit sei, überall im Lande auch das grüne Stäbchen ans Werk zu setzen.

An den Vorräten seines eigenen Hauses hatte er schon gemerkt, daß sie sich mühelos durch das Stäbchen Werdeviel vermehren ließen. Er hütete sich aber gleichwohl, nun wieder von Stadt zu Stadt und von Dorf zu Dorf zu ziehen. Soviel hatte er an dem Kräutlein Heilegleich gelernt, daß dann bald Unruhen kommen und neue Gesetze nötig werden. Rechtzeitig bedachte er daher einen anderen Weg.

Von alters her waren in dem Reich, das er zu verwalten hatte, Vorratshäuser angelegt, in denen das Brotgetreide aufgespeichert wurde, um nach Bedarf verteilt zu werden. In diesen Häusern waren die Vorräte bis zum Äußersten zusammengeschrumpft, und schon lange war keine Verteilung mehr geschehen. Er sorgte nun dafür, daß das Stäbchen hier seine Arbeit tat, und siehe: über Nacht waren die Vorratskammern gefüllt. In allen Städten des Landes zugleich begannen die Verteilungen, und da die Vorräte sich über Nacht wieder auffüllten, war die Hungersnot im Schwinden.

Armas bedachte auch, daß bei der allgemeinen Entkräftung viel zu wenig gearbeitet und hergestellt worden war. Darum ließ er das Stäbchen auch so schaffen, daß Pflüge und Spaten, Äxte und Hämmer und was man sonst zur Arbeit bedarf, zu Abertausenden hergestellt und billig abgegeben werden konnten. Auch Geigen, Flöten, Trompeten, Posaunen sowie mächtige Pauken ließ er in großen Mengen vom Stäbchen heranschaffen. Denn das hatte ihn früh sein Vater gelehrt, daß Musik und Freude zur rechten Arbeit und zum rechten Leben dazugehört. Wolle und Leder und alles, was zur Kleidung gehört, vergaß er ebensowenig. Alles dies ließ er weise verteilen. Endlich erinnerte er sich, daß auch die Gärten fast alle verödet waren. So ließ er junge Blumenpflanzen in Mengen verschenken. Aber eines wunderte ihn: es glückte ihm nicht, auch nur eine einzige Rose zu vermehren. Den Rosen gegenüber war das Stäbchen Werdeviel machtlos. Er dachte an die Worte des Alten. Sind sie denn nicht auch von Menschen gezüchtet? fragte er sich und schüttelte den Kopf.

Von selbst aber hütete er sich, den Wein zu vermehren. Die Köpfe würden sich erhitzen – dachte er – und es gäbe Mord und Totschlag ohne Ende. Nachdem er aber soviel Gutes hatte austeilen lassen, erwartete er sich allerorten Zufriedenheit und Glück und auch von der Gesundheit erst den rechten Segen.

Und so war es zunächst auch. Die Leute nahmen und waren glücklich zu empfangen. Sie fragten nicht viel: woher und wieso? Das grüne Stäbchen hatten nur wenige Eingeweihte zu Gesicht bekommen. Diese aber schwiegen darüber, einem strengen Gebot des Herrschers folgend. Die zu Kräften kommenden Arbeiter setzten Pflüge, Äxte und Hämmer an, und viele waren auch geneigt, das Geigen, Blasen oder Flöten, das Triangeln und Paukenschlagen zu erlernen.

Alles hätte gut gehen können, wenn das Brot nicht so leicht und billig zu haben gewesen wäre. Die Vernünftigeren dachten zwar, daß es nicht immer so bleiben könne. Sie kauften nur mäßig, um sich nicht an einen großen Gebrauch zu gewöhnen und verließen sich mehr auf das, was ihrer Hände Werk ihnen bringen möge.

Aber das waren die wenigsten. Andere waren träge; jedoch sie dünkten sich besonders witzig und gescheit. Auch sie sagten sich, daß der Segen einmal zu Ende gehen müsse.

Können wir uns nicht selbst Vorräte anlegen? – sprachen sie. Und sie begannen, Getreide und sogar Brot im geheimen richtig zu stapeln. Da sie nur einen Teil davon verzehren konnten, wurde das andere schimmlig und begann zu verderben. Mäuse, Ratten und anderes Ungeziefer wurde herangezogen. Eine neue Landplage drohte heraufzukommen.

Die allermeisten aber machten sich lange Zeit gar keine Gedanken. Sie legten sich kein Maß auf und kümmerten sich nicht um Vorräte. Sie aßen das Brot ohne den Schweiß ihres Angesichts und ließen den Herrgott einen guten Mann sein.

Doch schon wenig später wollte ihnen das Brot allein nicht mehr genügen. Es müssen – sagten sie – noch ganz andere Dinge da sein, an denen man sich gütlich tun könnte! Einzelne fingen jetzt auch an zu fragen: wo kommt überhaupt all das Brot her, das wir bisher nicht gesehen haben? Unsere Machthaber müssen tückische Leute sein. Sie haben Vorräte über Vorräte eingeheimst, während sie uns darben und hungern ließen. Gewiß haben sie nicht nur Brot gehortet. Es müssen noch ganz andere Schätze da sein. Sie sollen herausrücken damit. Mit Lilien und Nelken lassen wir uns nicht abspeisen.

Und da bekanntlich keine Wand und keine Tür ganz dicht ist, sickerte allmählich auch die Kunde durch, der Herrscher habe noch ein zweites geheimnisvolles Ding, mit dem er

Reichtum über Reichtum zaubern könne. Das wurde von Ohr zu Ohr weitergeflüstert. Die unsinnigsten Wünsche entbrannten. Jeder wollte das, wonach seine Begier stand, in Fülle herbeigeschafft sehen. Und einer zählte dem andern auf, was alles er dem Volk schon lange hingestellt hätte, wenn ihm nur die Macht gegeben wäre. Wer noch arbeitete, wurde von den meisten als Verbrecher angesehen.

Und eines Tages rottete sich aus dem Lande ein langer, langer Zug zusammen. Die Leute rissen aus den Gärten an Blumen ab, was sie nur finden konnten. Die wollten sie dem Herrscher vor die Füße werfen und sagen, daß dergleichen nur ein Spott sei. Anderes solle er ihnen geben, und zwar in Mengen. Vor allem aber Wein. Dem Zuge voran schritten die Bläser und andere Musikanten, und die Pauken machten einen Lärm, daß einem das Trommelfell platzen konnte.

So zogen sie vor des Herrschers festes Haus, das noch in der alten Königsburg war. Armas trat auf eine Brüstung hinaus. Und als er sah, wie Blumen über Blumen vor ihm hingeworfen wurden, so daß sie sich zu einem Berg häuften, dachte er nicht anders, als daß alles Volk ihn feiern wollte ob der empfangenen Wohltaten.

Er rief ihm seinen Dank zu. Da aber entstand ein wüstes Durcheinanderrufen. Er hörte nur immer: keinen Dank! keinen Dank! Was sonst gerufen wurde, konnte er nicht verstehen, denn jeder schrie, so laut er nur konnte, seine eigenen Wünsche heraus.

Armas erschrak. Nun erkannte er, welch furchtbares Unheil heraufgekommen war. Rasch faßte er einen neuen Entschluß. Er trat noch weiter vor und machte ein Zeichen, daß er sprechen und Antwort geben wolle. Da wurde es allmählich still; denn jeder war so töricht zu meinen, daß der Herrscher seinen Wunsch gehört habe und nun Antwort geben werde, wie er ihn erfüllen wolle.

Armas ergriff nun das Wort und erklärte, es sei ja ganz unmöglich, daß er auf irgend ein Anliegen eingehe, wenn alles in solcher Art durcheinander schreie. Er sei aber bereit, mit den Ältesten zu sprechen, die man aus den zwölf größten Städten des Landes bestimmen möge. Diese könnten zu ihm auf die Burg kommen, um ihm das Anliegen des Volkes vorzutragen. Mit ihnen wolle er gern beraten, was zu tun sei.

Von neuem wollte sich das wilde Geschrei erheben. Aber einige Leute, die noch mehr bei Besinnung waren, machten geltend, daß der Vorschlag des Herrschers verständig sei. So ging man zur Auswahl der Ältesten, was geraume Zeit dauerte. Darüber kamen die erhitzten Gemüter sogar ein wenig zur Beruhigung.

Als die Ältesten hereingelassen wurden und sich dem Herrscher gegenüber befanden, für den sie immer eine gewisse Ehrfurcht und Liebe gehegt hatten, waren sie anfänglich eingeschüchtert. Aber das von außen her deutlich zu ihnen heraufdringende Gemurmel erinnerte sie daran, daß sie nicht nur für sich selbst gekommen waren, sondern den Willen von Tausenden aussprechen sollten. So brachten sie, nachdem der Herrscher sie um einen großen runden Tisch gesetzt hatte, Dutzende von Wünschen und Beschwerden vor, die von Armas schweigend und mit großer Aufmerksamkeit angehört wurden.

Endlich fragte er in bekümmertem Ton: »Wie aber konnten so viele Wohltaten mit so schnödem Undank vergolten werden? Sagt mir das, ihr Ältesten! Haben sie doch selbst die schönen Blumen, die ich ihnen gegeben habe, ausgerissen und mir vor die Füße geworfen!«

»Herr«, erwiderte einer der Ältesten, »daß der Mensch Brot zu essen hat, das ist ganz selbstverständlich, das kommt ihm zu. Aber vom Brotessen allein kann er nicht leben. Er braucht Überfluß, daß er sich ein Fest machen kann, sobald er nur will, und ganz nach Herzenslust fröhlich sein. Darum sage ich dir: heute hat dir das Volk nur die Blumen vor die Füße geworfen. Erfüllst du ihnen ihre berechtigten Wünsche nicht, dann werden sie morgen wiederkommen mit den neuen Äxten, und die werfen sie dir sicher nicht bloß vor die Füße.«

Armas erschrak über diese Rede nicht, aber es tat ihm in tiefster Seele weh, daß selbst unter weißen Haaren so viel Torheit und Wahn Raum finden können. Es sprengte ihm schier die Brust. Und darob machte er eine so starke Bewegung, daß das rosenfarbene Tüchlein, welches er immer bei sich trug, gerade über seinem Herzen zu liegen kam. Es geschah dies aber so, daß er es selbst gar nicht merkte.

Nun wandte er sich an einen anderen der Ältesten, in dem er einen von jenen erkannte, die das Kräutlein gesund gemacht hatte, und sagte: »Auch du bist gekommen? Noch ist es nicht zwei Monate her, daß du gebrochen an allen Gliedern und halb blind darnieder lagst. Mit dem, was mir verliehen ward, habe ich dir Gesundheit gebracht. Ich habe dich dem treuen Weib, das dich pflegte, deinen Kindern und Kindeskindern wiedergegeben. Sag, war das nicht genug? Mußtest du dich auch zu jenen schlagen, die da draußen zusammengerottet sind?«

Der Greis sah den Blick von Armas, und plötzlich wurde es ihm so, als finge sein Herz zu brennen an. Und es drängten sich Worte auf seine Zunge, die er gar nicht hatte sprechen wollen: »Ob es genug war, fragst du, mein Herrscher. Nein, es war nicht genug, es war zuviel! Und siehst du, da begann das Übel. Warum sind unter denen, die vor deinem Herrscherhaus aufgezogen sind, mehr von jenen Genesenen dabei, als ich habe zählen können? Ich denke, weil es ihnen gegangen ist wie mir. Soll ich dir erzählen, wie mir zu Mute war, ehe du kamst? – Sieh, da habe ich täglich geseufzt und gestöhnt, wenn ich mich geworfen habe in meinem Schmerz.

Und ich habe wohl auch gemurrt, wenn die Kraft meines Leibes mich ganz zu verlassen schien. Ganz im innersten Herzen aber, da habe ich Gedanken gehabt, die ich gar niemand sagen konnte. Da sprach es in mir: nicht wie ein Feind ist dieses Leiden zu dir gekommen, das dich niedergeworfen hat und sich nun grausam an deinen Schmerzen weidet. Ein ernster und guter Freund ist es, der dich von Stunde zu Stunde fragen will. Bist du nicht töricht gewesen und vermessen und bist du nicht von deinem Wege abgerirrt? Hast wilde Sprossen getrieben und jene versäumt, die der Herr deines Lebens von dir wollte. Besinne dich: hast du nicht Schulden aufgenommen, die du nicht mehr begleichen kannst, und die in dir sein müßten wie ein Feuer, das reinigt? Hast du nicht neue Aufgaben zu tun an Menschen, die du vergessen oder gar nicht beachtet hast? Siehe, der Schmerz überwältigt dich und zermalmt dich. Aber wenn du ihn nicht nur erträgst, sondern wirklich zu tragen anfängst, dann wirst du ihn spüren wie einen Puls, wie den Pulsschlag eines neuen Lebens.«

»Herr«, so fuhr der Greis fort, »solche Stimmen habe ich besonders deutlich in der Nacht gehört, wenn alles still war. Nenne sie immerhin Träume. Aber ich weiß, daß diese Träume mich demütig machten, und daß sie daran waren, mich stark zu machen. Ich wurde still und gelassen; und ich war bereit, wenn es nötig sei, auch zu sterben. Werde ich aber noch einmal gesund – so fühlte ich deutlich – dann müßte die Genesung Schritt für Schritt kommen wie ein Geheimnis und vielleicht wie eine neue Geburt.«

Armas verhüllte sein Gesicht. Er fühlte vor, was der Greis noch sagen mußte. »Du aber bist gekommen, mein Herrscher, und hast mir die Genesung gebracht wie einen Rausch. Mein Leib wurde gesund, die Schmerzen waren weg. Mit ihnen aber auch – in dieser Stunde weiß ich es zum erstenmal wieder – alle die guten Stimmen, die zu mir gesprochen hatten. Ich war nicht demütig, sondern ich wurde von maßlosem Übermut gepackt. Der Überfülle des Brotes bedurfte es gar nicht mehr, um mich törichter zu machen als der törichteste Knabe sein kann. Verstehst du nun, wie das, was Wohltat schien, selber zum Sporn wurde, der mich und Tausende auf den Weg hinausgetrieben hat, den wir heute gegangen sind?«

Armas schwieg und sein Kopf sank tiefer in die Hand, die ihn stützte. Nun ergriff, von einer wunderbaren, neuen Kraft getrieben, der erste Älteste wieder das Wort, der vorhin die Drohung ausgesprochen hatte. »Es ist alles wahr«, sprach er, »was mein Gefährte gesagt hat. Genau das Gleiche kann ich dir auch vom Brot und allen den anderen Glücksgütern sagen, die du über uns ausgeschüttet hast. Solange wir darbten, war uns auch das kleinste Stückchen Brot, das wir mit harter Mühe errungen hatten, lieb und heilig. Wir aßen es, der eine wissend, der andere ahnend, doch immer mit Dank. Und der Schweiß, um den wir jeden Bissen Brot erkaufen mußten, fraß manches Unkraut in den Herzen bis zu den Wurzeln ab. Du hast uns satt gemacht mit einem Brote, dem sein bestes Teil fehlte. Wunderst du dich jetzt über das Unkraut, das so üppig emporgeschossen ist? Das konnten deine Blumen gewiß nicht verdecken!«

»Aber vorhin hast du ganz anders gesprochen!« wagte ein dritter einzuwenden, der am entferntesten vom Herrscher saß. Er schien auf das Gemurmel des Volkes zu lauschen, das wieder im Anschwellen war.

»Er hat recht«, riefen jetzt andere der um den Tisch Versammelten, »er hat ganz recht. Er hat die volle Wahrheit gesprochen!«

»Ich wage auch nicht zu sagen, daß er nicht die Wahrheit gesprochen«, nahm jener wieder auf, »aber . . .«

Hier wurde er von einem vierten unterbrochen, der rief:

»Mein Herrscher, ich weiß nicht, was vorgeht, aber uns allen ist so, als sei uns eine Binde von den Augen weggezogen. Wir sehen plötzlich, was wahr und was recht ist. Doch sei uns nicht gram über das, was gesagt ist. Sage uns, wie wir dir helfen können. Denn wir wissen, daß du gut bist und nur das Beste gewollt hast.«

»Aber töricht, unsagbar töricht!« rief Armas schmerzlich aus. Dann erhob er sein Angesicht und seine Augen leuchteten wieder.

»Freunde, meine neuen Freunde«, sprach er, »ich weiß, wie ihr mir helfen könnt. Das Volk, das draußen ungeduldig wird, kann nicht von heute auf morgen beschwichtigt werden. Aber geht hinaus und sagt ihm, daß ihr alles mit mir besprochen und getreulich alle Wünsche vorgebracht habt. Fügt hinzu, daß ich bereit bin, des Volkes Anliegen nach bestem Wissen und nach bestem Können zu befriedigen. Und daß ich darum außer euch, die ihr ebenfalls eingeladen seid, hundert Abgesandte zu einer großen Ratsversammlung entbieten lasse, die binnen fünf Tagen hier in der Burg stattfinden soll. Das Volk möge frei bestimmen, wen es entsenden und welchen Auftrag es ihm mitgeben will. Bis zum fünften Tage aber solle alles sich gedulden, da sonst kein einziger Wunsch recht erfüllt werden kann.«

Die Ältesten lobten den Ratschlag und nahmen es auf sich, ihn auszuführen. Als sie zu den Wartenden hinaustraten, wurde erst alles ganz still, denn jeder war begierig zu hören, was jene Männer für ihn erreicht hätten. Sobald sich aber zeigte, daß die Botschaft keine Gewährung, sondern nur Aufschub bedeutete, brach ein Sturm der Entrüstung los, und es fehlte nicht viel, daß die Ältesten mißhandelt wurden. Man nannte sie Verräter und schwachsinnige Köpfe, die von einer Stunde zur anderen nicht behalten könnten, was sie eigentlich vorgehabt hätten.

Da trat jener Älteste vor, der zuerst das Wort an den Herrscher gerichtet hatte. Er stellte sich auf einen erhöhten Platz und begann mit einer mächtigen Stimme zu sprechen, wie er sie nie zuvor im Leben gehabt hatte. Die Leute mußten unwillkürlich hinhören und sich gleichsam beugen unter sein Wort. Nun konnte er ihnen sagen, es sei nicht wahr, daß sie die Wünsche des Volkes vergessen hätten. »Ich selber«, so sprach er, »habe ihm gesagt, daß ihr morgen mit Äxten wiederkommen werdet, statt mit Blumen, wenn eure berechtigten Wünsche nicht erfüllt werden?«

»Ja, ja, die Äxte! Äxte her!« brüllte es aus der Menge!

»Still!« gebot der Sprecher. »So wahr es ist, daß ich ihm dies gesagt habe, so wahr ist es auch, daß er mir in einer Weise geantwortet hat, die mir vollen Glauben an seinen Vorschlag gibt. Ich hielte es für töricht, nicht auf ihn einzugehen, und ich hafte für des Herrschers Treue und Rechtlichkeit mit meinem eigenen Leib und Leben. Wer anders will, möge mich niederstoßen!«

Während er so sprach, hatten sich die elf anderen Ältesten um ihn geschart und standen da wie ein lebendiger Wall. Unerschrocken blickten sie auf die Menge. Da schlug die Stimmung von Grund auf um. Erst kamen vereinzelte zustimmende Rufe, dann begann der Bann sich zu lösen, und man hörte beifälliges Gemurmel. Nur auf den Gesichtern einiger jüngerer Leute sah man bittere Enttäuschung und Trotz, doch niemand von ihnen wagte, sich zu äußern.

Die Menge begann nun, ohne viel Lärm zu machen, abzuziehen und hatte sich bald zerstreut. Man hätte alles für einen Nachtspuk halten können, wären nicht die aufgehäuften Blumen gewesen, die an den sonderbaren Aufzug gemahnten. Tief nachdenklich blickte Armas auf sie hinunter. Dann sah er den Mond aufgehen und ein sanftes Licht über den leergewordenen Platz ergießen. Er nickte wie zustimmend, als er die Gestalt des Mondes betrachtete. Sodann trat er ins Innere des Hauses zurück und traf einige Anordnungen für eine mehrtägige Abwesenheit. Zunächst noch von zwei Dienern begleitet, verließ er noch am gleichen Abend die Burg.

An den nächsten zwei Tagen suchte er in aller Stille einige Kranke auf. Es waren lauter Einsame, denen er sein Kommen schon seit geraumer Zeit in Aussicht gestellt hatte. Zuletzt gab das Kräutlein Heilegleich einer jungen Frau, die nach der Geburt eines Kindleins völlig gelähmt worden war, die Kraft ihrer Glieder zurück. Und als die Frau, die bitter arm war, nachher an ihre Vorratskammer ging, fand sie alles von oben bis unten gefüllt, so daß sie sich vor Staunen und Dank nicht fassen konnte. Dort hatte das Stäbchen Werdeviel gewirkt.

»Dies meinte ich gerade noch verantworten zu können«, sprach Armas lächelnd vor sich hin, während er einsam seines Weges schritt. Die Gefährten waren jetzt entlassen. Er strebte auf sein Ziel zu, von dem niemand außer ihm etwas wissen durfte.

Zur rechten Stunde stand er am Felsenquell. Er zog erst das grüne Stäbchen, dann das Gefäß mit dem heilsamen Kraut hervor und betrachtete sie noch einmal. Es fiel ihm nicht leicht, sich von ihnen zu trennen. Aber da er für die letzte Wegstrecke – er wußte selbst nicht recht wozu – wieder das rosenfarbene Tüchlein an sein Herz gedrückt hatte, durchströmte ihn eine reine Kraft. Wie der Felsenalte es ihm vor drei Monden geheißen hatte, warf er die zwei Dinge, die er wieder hergeben wollte, eines nach dem andern in die Quelle.

Das Wasser rauschte nur einmal auf und floß dann ruhig weiter. Armas blickte scheu auf, ob wohl die Felsen zurückwichen? Nichts schien sich zu verändern. Doch da ertönte auf einmal eine schon vertraute Stimme, und Armas hörte den unsichtbar bleibenden Felsenalten sprechen. »Wohl dir, Armas«, sagte er, »du hast die dritte Kraft des rosenfarbenen Tüchleins, die ich dir verschwiegen hatte, von selbst entdeckt, und jetzt macht sie es möglich, daß du mich vernehmen kannst. Nun sage mir aber, warum du, da erst ein Viertel der gesetzten Frist vorbei ist, mir schon zwei meiner Gaben zurückgebracht hast. Haben sie etwa nicht Wort gehalten und nicht gewirkt, was ich versprach?«

»Sie haben Wort gehalten, und sie haben gewirkt«, antwortete Armas, »und mächtiger als ich nur ahnen konnte.«

»Und trotzdem hast du sie von dir getan?«

»Ja, Herr. Weil ich eingesehen habe, daß ich ihrer nicht würdig bin. Der Mensch, der sie recht handhaben wollte, müßte zugleich ein Gott sein und in den Seelen der Erdenkinder nicht nur lesen, sondern diese Seelen zugleich auch heilen können. Da ich weder das eine noch das andere kann, habe ich neben geringfügigem Nutzen unermeßlichen Schaden gestiftet.«

»Und was meinst du, daß jetzt werden soll?«

Armas schwieg eine Weile. »Herr, eben dieses möchte ich dich fragen, wenn eine solche Frage erlaubt ist. Unheil schwebt über meinem ganzen Lande, und die Not wird größer sein als je zuvor. Ich habe nur das Ärgste aufhalten können, indem ich, sobald mir die Einsicht gekommen war, die zwei Dinge zurückgab, um welche die Leute erst mich und dann wechselseitig einander erschlagen hätten. Aber was weiter werden mag, weiß ich nicht, obwohl ich von heute ab am dritten Tag eine Ratsversammlung zusammengerufen habe. Ich weiß nicht, was ich ihnen sagen soll.«

»Die Wahrheit, die, wenn sie recht gesprochen wird, einzig rettet«, erwiderte der Alte. »Und vertraue auf die Kraft des rosenfarbenen Tüchleins. Du hast es nur wenig gebraucht und statt dessen dem heilenden Kraut und dem Stäbchen einen Vorrang gegeben. Wenn es auch anders scheinen mag: es war doch gut so. Dein Volk litt an einer alten, vernachlässigten Wunde. Solche Wunden müssen erst tiefer aufgerissen werden, ehe sie geheilt werden können. Das ist geschehen. Nun baue auf das Gesetz, das wirken muß.

Zudem«, so schloß der Geist, »wäre es grausam, dich jetzt im Stich zu lassen. Ich sagte dir gleich, daß meine Hilfe zugleich eine Prüfung sei. Besser als du heute schon wissen kannst, hast du die Prüfung bestanden: die rechten Dinge hast du zurückgebracht und das rechte noch behalten. Jetzt achte nur auf das, was dein Herz dir rät, und gehe mutig deiner Wege. Und einmal, du weißt es, hörst du mich noch!«

Die Stimme schwieg, und Armas blickte noch eine Weile in die Quelle hinab. Nicht, weil er den Wunderdingen, die darin verschwunden waren, nachgucken wollte. Er hatte sie völlig verschmerzt. Es freute ihn zu sehen, wie die Quelle unablässig spendete. Sie ist klar wie die Wahrheit – dies empfand er – aber es ist auch noch etwas anderes in ihr. Über diesem Gedanken, der etwas Verheißendes hatte und den er doch nicht zu Ende denken konnte, wurde ihm der Heimweg kurz.

Als Armas sich seinem Haus näherte, sah er schon von weitem, daß etwas Besonderes geschehen war. Das Tor zur Burg und der Haupteingang waren zertrümmert. Spuren von Axthieben waren zu sehen, als wäre sinnlos kreuz und quer darauf losgeschlagen worden. Seine bestürzten Ratgeber und Diener eilten ihm entgegen. Sie berichteten, daß eine Schar junger Männer eingedrungen wäre, die drohend nach dem Herrscher gefragt hätten. Als sie erfuhren, daß er für längere Zeit abwesend sei, riefen sie, man solle die Schatzkammer öffnen, sie wollten sehen, was für geheime Dinge darin verborgen seien. Der Schatzmeister ließ sich nicht einschüchtern und weigerte sich, anzugeben, wo der Schlüssel zur Schatzkammer zu finden sei. Darauf hätten die wilden Burschen erst ihn mißhandelt und dann auch in den inneren Gemächern zerschlagen und zertrümmert, was ihnen nur in die Hand kam. Besonders der Saal, in dem die großen Ratsversammlungen stattfänden, sei zur Hälfte verwüstet. Dann seien sie johlend abgezogen.

Armas überzeugte sich, daß seine Diener eher zu wenig als zuviel gesagt hatten. Aber er blieb ruhig, ja es schien, daß er immer heiterer wurde. Seine Umgebung staunte. »Die das getan haben, sehe ich gut vor mir«, warf er nur einmal hin. Darauf sagte einer der Ratgeber: »Und wir haben alles so liegen lassen, wie es nach der Zerstörung war, damit du dich selbst über die Tat in allen Einzelheiten unterrichten und die Strafen gerecht zuteilen könntest.« – »Das ist mir recht so«, erwiderte Armas mit eigenartigem Ton, »das ist mir sehr recht.« Er erkundigte sich noch, zu welcher Zeit der Überfall geschehen sei. Und als er erfuhr, daß es genau in derselben Stunde gewesen war, in der er vor der Quelle stand, nickte er wieder beifällig, als habe er das gerade so und nicht anders erwartet.

»Dürfen wir aber jetzt mit dem Aufräumen beginnen?« fragte einer der Diener, »alle Hilfskräfte stehen schon bereit.« Armas verneinte. »Aber morgen früh ist doch die große Ratsversammlung, Herr!« wagte der Diener einzuwenden. »Gerade deswegen«, sagte Armas mit Nachdruck. »Laßt jedes zertrümmerte Stück dort liegen, wo es hingefallen ist. Hört aber, was ich noch weiter auf morgen anzuordnen habe.«

Und er gab nun an, daß sich am folgenden Tage mehrere Diener vor dem Haupteingang aufstellen sollten. Wenn dann die Abgesandten kämen – einzeln oder in Gruppen, hätten sie zu sagen: Hier könnt ihr leider nicht eintreten, es sind

Vorbereitungen getroffen worden zum Umbau; erlaubt, daß wir euch zum neuen Eingang geleiten! Nun sollten die Ankömmlinge zu dem schmalen Hofeingang gewiesen werden, von dem aus eine Wendeltreppe zum großen Ratssaal hinaufführt.

»Sodann sorgt«, fuhr er fort, »daß es kurz vor der Versammlung auf dieser Treppe von kleinen Kindern unter fünf Jahren wimmelt, die sich dort mit ihren Spielsachen ausbreiten sollen. Versprecht ihnen Naschwerk und allerlei Gutes, wie ihr nur wollt, daß sie fein artig auf dieser Treppe ausharren, wenigstens eine Stunde lang. Und einige von euch mögen achtgeben, daß sie spielen nach Herzenslust und doch nicht ins Lärmen kommen. Darum ist es am besten, ihr laßt sie etwas aufbauen.«

Die Diener meinten, der Herrscher scherze, oder sie hätten nicht recht gehört. Sie machten ganz verdutzte Gesichter. »Habt ihr mich nicht verstanden?« fragte Armas. – »Verstanden schon«, ergriff jetzt einer das Wort, »aber erlaubt, daß ich sage, Herr: es ist ohnehin schon eng auf der Treppe. Wie sollen die Abgesandten sich da hindurchzwängen? Und weiter erlaubt, wenn es so kleine Kinder sein sollen: die werden schwer still zu halten sein und nicht viel Respekt haben, weder vor den Fremden noch vor der Ratsversammlung.«

»Siehst du«, sagte Armas lachend, »das ist mir auch wieder recht. Sorgt ihr nur dafür, daß die Fremden Respekt haben vor den Spielsachen der Kinder und beileibe nichts umstoßen oder beschädigen! Ja, das ist auch alles, was ich zu sagen habe.«

Ratgeber wie Diener entfernten sich nun, da Armas ihnen bedeutete, er wolle allein gelassen werden.

Draußen begann ein Wispern und Kopfschütteln. Die meisten meinten, ihr Herr sei nach allem, was geschehen, nicht mehr recht im Kopf. Die zwei ältesten Ratgeber standen mit langen Gesichtern da.

»Es sind furchtbare Zeiten«, sagte der eine, »und sie werden immer furchtbarer. Ich weiß nicht, wo es noch hinaus soll mit diesem Reich.«

»Und habt ihr gehört«, nahm der andere auf, »was die Diener am Haupteingang sagen sollen? Verwüstung und Zertrümmerung, das nennt er Vorbereitung zum Umbau!«

Aber die Anordnungen wurden doch genau so ausgeführt, wie der Herrscher gesagt hatte.

Die einzige Vorbereitung, die er selbst zur Ratsversammlung traf, war in einem Augenblick getan. Er warf auf einen großen Tisch, der nur beschädigt, aber nicht zertrümmert war, eine mit Sternenzeichen bestickte Decke, die er aus der Schatzkammer holen ließ. Auch dies war ein Erbe aus der Vorväterzeit. Darunter tat er das rosenfarbene Tüchlein.

Unter lauten und herausfordernden Reden, Dreistigkeit und Trotz im Gesicht, kamen die Abgesandten daher. Den Ältesten, die vor fünf Tagen mit dem Herrscher gesprochen hatten, gelang es nicht, sie zu beruhigen. Das Volk hatte hauptsächlich jüngere Männer bestimmt, und unter ihnen waren einige, die an der Zerstörung teilgenommen hatten. Die anderen hatten von dem Bubenstück gehört und fanden es lobenswert.

Als sie am Haupteingang aufzogen und die Worte hörten »es sind Vorbereitungen zum Umbau getroffen«, – da stutzten sie zum erstenmal und wurden betreten.

Sie wußten gar nicht, was sie denken sollten, und wurden auch merklich stiller.

Nun wurden sie zu der schmalen Tür geleitet, bei der jedes Drängen sinnlos war. Immer nur einer nach dem andern konnte eingelassen werden und mußte vorsichtig tastend die Stufen hinaufzukommen versuchen. An manchen Stellen mußte man die Beine hochziehen wie ein Storch, weil die Kinder so vieles aufgebaut hatten, an anderen Stellen war zur Not noch Raum, einen Fuß hinzusetzen. Die kleinen Schelme, die auf den Stufen saßen, waren ganz unbefangen. Jubelnd und lachend zeigten sie den Fremden ihre neuen Spielsachen und wollten sie bewundert sehen. Und wenn einer gar nicht hinzuschauen schien, zupften sie ihn nachdrücklich am Rock. Die düstern und die dreisten Mienen konnten da nur schlecht bestehen, und mancher Dünkel schmolz weg wie der Schnee an der Sonne. Einmal aber gab es ein lautes Geplärr. Ein großer ungehobelter Bursch hatte nicht achtgegeben und ein schönes Schloß umgestoßen, das fast aufgebaut war. Nun hielt er an. Zum erstenmal seit Jahren tat ihm etwas leid. Er bückte sich, um den beiden Knirpsen, denen die Tränen zu den Wangen hinunterkollerten, zum Wiederaufbau zu helfen. Auf der ganzen Treppe gab es Stockung. Da hörte man, wie einer der Knirpse ihm einen tüchtigen Klaps auf die Finger gab und mit heller Stimme zornig rief: »Nein, ich will dich nicht, du bist ganz böse!«

Der junge Mann war bestürzt: er war der Anführer der Rotte, die das Haus des Herrschers so häßlich zugerichtet hatte. Von Stufe zu Stufe flüsterte man sich zu, was geschehen war. Diese wenigen Worte trafen manche bis ins Herz, und noch kleinlauter und vorsichtiger tappten sie hinauf. Nur den zwölf Ältesten ging es besser. Ihnen waren die Kinder gut. Und als einer an einem kleinen Mädchen vorbeikam, das sein Puppenbett richtete, streckte die Kleine ihre Händchen nach ihm aus und rief: »Komm, alter Vater, spiel doch mit mir!«

Wer aber oben im Saal anlangte, wurde vom Herrscher empfangen; ein jeder mit der gleichen freundlichen Miene. Es bildete sich allmählich ein großer Kreis, der schweigend dastand, denn es sollte nicht irgend etwas gesagt werden, bevor alle versammelt waren. In diesem Stillschweigen hatten die Wartenden Zeit, sich zu überlegen, auf wie seltsame Art sie hereingekommen waren. Die meisten wunderten sich, daß sie jetzt ganz andere Gedanken dachten als morgens auf der Straße.

Als die letzten oben waren, gab der Herrscher ein Zeichen, daß die Ratsversammlung beginnen könne. »Jeder nehme so gut Platz, wie er kann!« sagte er. »Es sind nur wenige Stühle da, denn es ist einiges im Umbruch bei uns. Ich schlage vor, daß die Jüngsten sich zuerst setzen: sie haben am meisten Mühe hinter sich und stehen noch schwach auf den Beinen.«

Hilflos schauten sich die also Angeredeten um. Sie hatten längst gesehen, daß nicht die Hälfte der Stühle mehr brauchbar waren, und daß, wenn sie sich setzten, alle älteren Teilnehmer stehen müßten. Beschämt blieben sie selber stehen.

»Wie ihr wollt«, sagte der Herrscher. »Ich darf nicht in eure Freiheit eingreifen. Aber dann bleiben wir billigerweise alle stehen.«

Es wurden Stimmen laut, der Herrscher solle sich doch setzen. »Wie könnte ich dann gleich zu gleich mit euch reden?« rief Armas. »Und das will ich ja heute tun. Darum machen wir gleich einen Anfang damit. Ich habe euch einiges zu sagen. Doch zunächst habe ich euch ja rufen lassen, um eure Anliegen zu hören und eure Wünsche zu befriedigen. Es sind fünf Tage vergangen, seit ich mit euren Ältesten gesprochen habe. Vielleicht habt ihr Neues vorzubringen. Ihr seid viele, ich bin ein einzelner; es ist wiederum billig, daß ihr zuerst sprecht!«

Alles verharrte im Schweigen. Endlich ergriff einer der Jüngeren das Wort. Er hatte an den Verwüstungen mitgemacht, aber schon bald nach der Tat Reue empfunden.

»Muß hier noch so viel gesprochen werden, mein Herrscher?« fragte er. »Soviel habe ich trotz meiner jungen Jahre wohl verstanden, daß du uns den größten Teil dessen, was zu sagen wäre, bereits gesagt hast. Erlaubst du, mein Herrscher, erlaubt ihr anderen Teilnehmer, daß ich versuche, es auszulegen?«

Da er von allen Seiten Zustimmung erfuhr, setzte der Jüngling fort. »Du hast uns zuerst die häßlichen Zerstörungen gezeigt, die ein Teil von uns verschuldet hat, und hast sagen lassen: es werden Vorbereitungen getroffen zum Umbau. Während ich zur schmalen Tür geleitet wurde, dachte ich darüber nach. Und ich erfaßte eine erste Wahrheit: es gibt nichts so Törichtes, was der Mensch unternimmt, eine höhere Macht ist da, die es zum Besten lenken und in ein Sinnvolles einordnen kann.

An der Tür erhielt ich eine zweite Einsicht. Wir alle, mit Ausnahme der Greise, deren Güte ich jetzt erst verstehe, waren daher gekommen wie im Rausch. Als Masse wollten wir dir unseren Willen abtrotzen. Nun erkannte ich die zweite Wahrheit: bei jeder wichtigen Entscheidung im Leben ist man ein Einzelner, der über eine Schwelle schreitet und durch eine schmale Tür eingehen muß. Die dritte und vierte Wahrheit ging mir auf der Treppe auf, wo die Kinder spielten. Ich sah, daß der anscheinend Größere und Stärkere Rücksicht nehmen muß auf den Schwächeren und Kleinsten, wenn er das Schöne, das im Leben aufgebaut wird, nicht zerstören will. Und ich vernahm, daß durch ein Kind die Stimme Gottes zu uns spricht.

Und endlich hier im Saal, wo wir so übel gehaust haben, war mir die fünfte Wahrheit offenbar: daß jeder Mensch unerbittlich vor die Folgen seiner Taten gestellt wird.

Sage mir, mein Herrscher, ob ich recht vernommen und gehört habe, was gar nicht ausgesprochen und dennoch gesagt wurde?«

»Alles war recht«, antwortete Armas, »nur daß ich es durch deine Worte zum Teil erst selber eingesehen habe. Ich habe selbst gelernt durch das, was mein Herz mich tun hieß.«

»Dann«, nahm der Jüngling wieder auf, »gibt es allerdings eine neue Angelegenheit: wir haben von dir nichts zu fordern, sondern nur von uns selber. Hilf uns, daß wir wieder gutmachen können an dir und auch am ganzen Land!«

»Wollt ihr es wirklich?« fragte der Herrscher ergriffen.

»Wir wollen es«, erklang es wie aus einem einzigen Munde.

»Dann helft, daß die anderen mitwollen«, rief Armas. »Die Zeit, wo das Mehren und das Heilen durch ein Wunder geschah, ist endgültig vorbei. Die Dinge, die all das wirkten, sind nicht mehr in meiner, noch in irgend eines Menschen Hand. Fragt nicht nach ihnen, es ist besser so. Ihr selber wißt nun, welches Unheil sie uns zuletzt gebracht haben; und nur ich weiß, daß es nicht ohne meine Schuld geschah. Wir wollen nun miteinander das, was sie uns hinterlassen haben – den wenigen Segen und die noch größere Not – zum allgemeinen Besten zu wenden suchen. Der Fleiß möge unser Wanderstab und Vermehrer aller Güter sein, das sorgsame Achten auf die Schwächeren unser Heilkräutlein werden.«

Eine wundersame gute Macht wirkte, daß alle die Wahrheit der in dieser Ratsversammlung gesprochenen Worte erkannten und anerkannten und in einem starken Entschluß einig wurden.

Die Jüngeren wollten nur noch darauf dringen, daß das Aufbauwerk im Haus des Herrschers und in der Burg beginne. Die Zerstörungen sollten zuerst wieder gutgemacht werden.

Da sagte der Herrscher: »Das Wiedergutmachen ist halb eine Gnade und halb ein Recht. Ich will euch dieses Recht nicht schmälern. Nur bitte ich euch, übt es erst später aus! Zuvor geht ins Land hinaus und helft denen, die am schlechtesten sich rühren können am Pfluge und auch an der Axt. Ich werde euch rufen lassen, wenn hier die Mauern vor der Burg abgetragen sind.«

Eine Bewegung des Staunens ging durch die Anwesenden.

»Ihr wundert euch?« rief Armas. »Ja, glaubt ihr, daß ich nur zum Gleichnis und im Scherz vom beginnenden Umbruch geredet habe! Auch hier beginnt eine neue Zeit. Der Herrscher soll nicht mehr durch Mauern von seinem Volk getrennt sein. Was von Steinen, die abfallen, noch nutzbar ist, möge überall im Lande verwendet werden, und ich will selbst mit Hand anlegen, daß es geschieht.«

Die Ratsversammlung war beendet und die Teilnehmer wandten sich zum Heimgang. Als sie die Treppen hinuntergingen, waren keine Kinder mehr zu sehen. Dennoch gingen sie schweigend und behutsam, als gelte es, auf irgend etwas Acht zu geben.

Wie überrascht aber waren sie, als sie draußen im Hof von den Kindern empfangen wurden, die Blumen unter sie verteilten. Die Kleinen waren inzwischen im Garten des Herrschers gewesen und hatten die allerschönsten gepflückt. Niemand wußte genau, ob Armas dies im Geheimen angeordnet hatte, ober ob sie es aus eigenem Antrieb getan hatten. Und von diesen Blumen wurde keine zu Boden geworfen. Jeder trug sie wie einen Schatz in seiner Hand.

In den nächsten drei Tagen zogen mächtige Gewitter über das Land. Es regnete in Strömen, aber es war ein warmer, fruchtbarer Regen. Und endlich stand ein herrlicher Regenbogen am Himmel. Selbst die ältesten Leute erinnerten sich nicht, je zuvor einen so schönen gesehen zu haben.

Und nun begann wirklich eine neue Zeit. Die Abgesandten hielten Wort und verteilten sich über das ganze Land, um weiterzutragen, was sie in der denkwürdigen Ratsversammlung aufgenommen hatten. Anfangs begegneten sie noch manchem erbitterten Widerstand. Da sie aber überall selbst mit Hand anlegten und die besten Arbeiter waren, wurde Hemmnis auf Hemmnis überwunden. Die Äcker wurden sorgfältiger denn je bestellt, neue Wege wurden gebaut, schmucke Schiffe verließen die Werften, um Waren aus dem Land hinaus und Güter fremder Gegenden wieder ins Land hineinzutragen. Bald zeigte es sich, daß kein Pflug, kein Spaten, keine Axt zu viel da war. Es wurde nach Herzenslust gehämmert und gezimmert und Lieder klangen dazu. Und wo ein Fest gefeiert wurde, da geigten und flöteten, da bliesen und trommelten die Musikanten, daß es nur seine Art hatte. Sie schienen gute Geister aufzuwecken, die bisher geschlummert hatten; denn auch alle anderen schönen Künste blühten auf. Dafür verschwanden die rätselhaften Plagen und Seuchen, die das Land bisher heimgesucht hatten. Es war, als hätten die machtvollen Gewitter die ganze Luft gereinigt und einen geheimen Segenstau über Äcker, Fluren und Gärten gestreut.

Armas war fast nie in seinem alten Herrscherhaus zu finden, wo der große Umbruch vollzogen wurde. Er reiste im ganzen Land umher und sprang bald bei diesem, bald bei jenem Werk ein. Wo immer jedoch sich die Gemüter erhitzen wollten, wo böse und häßliche Worte fielen, oder wo an den unvermeidlichen grauen und trüben Tagen die Laune der Menschen sinken wollte, da gebrauchte er, so daß niemand es merken konnte, das rosenfarbene Tüchlein. Dann verflog der Unmut. Die Leute schüttelten über sich selbst den Kopf und wunderten sich, daß sie gar nicht hatten sehen können, wie ihre eigene Nase auch nicht ganz gerade sei, und daß der andere doch eigentlich recht schöne Augen habe. Was aber noch wichtiger war: sie lernten hinhören und aufhorchen bei dem, was die anderen sagten. Ja, mancher entdeckte, daß er ein Leben lang nur immer sich selbst gehört hatte; und je mehr die Leute das entdeckten, umso friedsamer wurde es im Land.

Armas lernte besser und besser achten auf alles, was er mit dem Tüchlein erlebte. Da konnte er bemerken, wie es ihn ganz von selbst dahin führte, wo seine Hilfe am nötigsten war. Überprüfte er nachher die Umstände, dann sah er ein, wie er sich oft durch den Schein hatte täuschen lassen, und wie vor allem sein Kopf meistens dümmer gewesen war als sein Herz. Dadurch konnte er immer deutlicher die Sprache des Herzens vernehmen und wußte in jedem Augenblick, wohin der nächste Schritt gehen müsse.

Eines Tages aber trieb es ihn weiter und weiter fort, und er mußte wandern bis an die äußerste Grenze seines Landes, der untergehenden Sonne zu. Dort waren die dunklen Wälder und hinter ihnen, schon jenseits seines Landes, ging der Weg zum großen Meer. Als er an den Grenzen angelangt war, sah er, wie zwei Wächter ein junges Mädchen vor sich her stießen. Sie hatte lichte Haare und dunkle, seltsam sprechende Augen. Erst zuletzt sah er, daß sie über den Augen auf der Stirn eine feuerfarbene Narbe hatte. Denn das Tüchlein, das er bei sich trug, ließ ihn immer zuerst das Schöne sehen. Die Narbe aber war gestaltet wie ein kleines Kreuz. »Was tut ihr da, warum vertreibt ihr dieses Mädchen?« ging der Herrscher seine Diener an. Da sagten sie ihm, dieses Mädchen treibe sich seit Tagen als Landstreicherin umher. Einige Leute hätten wissen wollen, daß sie mit fahrendem Volk in einer Art von Zigeunerkarren über die Grenze gekommen sei. Begleiter und Wagen wären spurlos verschwunden; sie selber aber wisse nicht, was tun oder lassen. Sie bettle zwar nie und nähre sich von dem, was sie zufällig finde oder was die Leute ihr zusteckten. Fragen könne man sie nicht, denn sie rede eine fremde Sprache, die niemand verstehen könne. »So ist sie unheimlich«, schloß einer der Wächter den Bericht ab, »und sie trägt auch das Zeichen der Verfolgung auf der Stirn. Wir wußten daher nichts Besseres, Herr, als sie wieder über die Grenze hinauszuweisen in das Land, aus dem sie herübergekommen ist.«

Das Mädchen sagte kein Wort und hielt die Augen zu Boden geschlagen. Aber ihre Bewegungen schienen zu verraten, daß sie verstand, was gesagt wurde.

»Laßt sie mir«, sagte Armas rasch. Dann wandte er sich zu dem Mädchen: »Magst du mit mir gehen?« Sie schaute auf. Lange heftete sich der Blick ihrer ernsten Augen auf ihn, als wollte sie fragen: warum und wozu? Dann huschte ein kaum merkliches Lächeln über ihr Gesicht. Sie erhob ihre rechte Hand und ganz leise, nur mit den Fingerspitzen, berührte sie des Herrschers Gewand an der Stelle über seinem Herzen. Er spürte, daß die Bewegung durch das rosenfarbene Tüchlein ging. Und unmittelbar wußte er, daß es ein Zeichen des Einverständnisses gewesen war. So nahm er die Fremde mit, und wenig achtete er darauf, daß die Leute überall hinter ihm dreinschauten. Er hatte vor, sie in sein Haus zu nehmen und sie in die Obhut und Pflege einer guten Schaffnerin zu geben.

Auf dem Heimweg begegneten ihm Boten. Sie meldeten, daß die Umbrucharbeiten fertig geworden seien. Da erinnerte sich Armas seines Wortes und schickte die Boten weiter zu den ehemaligen Aufrühren und Zerstörern: die Zeit für ihre Arbeit sei jetzt gekommen. Das Mädchen aber übergab er nach seiner Ankunft in die Pflege der allerbesten Hände, und sie wohnte nun in einem Seitenflügel des Hauses.

Als die jungen Leute eintrafen, die der Herrscher entboten hatte, bewunderten sie das altehrwürdige Haus, das nach Entfernung der Mauern nur noch schöner und stattlicher dastand. Voll Staunen hörten sie auch, daß dort, wo die Mauern gestanden hatten, ein Garten mit allerlei Wasserkünsten eingerichtet werden sollte, der allem Volk, besonders aber den Kindern offen stehen sollte.

Recht bestürzt aber waren sie beim Betreten der Innenräume, dort alle Zerstörungen noch unverändert anzutreffen. Ja, manches war inzwischen nur noch mehr verkommen und zerfallen und sah umso häßlicher aus. Der Herrscher, der sie selbst empfangen hatte und herumführte, bemerkte ihren Kummer und sagte: »Beruhigt euch, es ist hauptsächlich meinetwegen geschehen. Ich wollte das Mahnzeichen meiner eigenen Torheit recht lange unverändert vor Augen haben.«

Voll Eifer wurden nun die Aufräumungsarbeiten in Angriff genommen, und man war nicht nur auf das Wegschaffen, sondern auch auf neuen Aufbau bedacht. Letzteres geschah unter der Leitung eines kundigen Meisters. Am dritten Tage, nachdem diese Arbeiten begonnen hatten, kam das Mädchen mit dem Zeichen, begleitet von einer Schaffnerin, zufällig auch in den großen Saal. Die Schaffnerin hatte Auftrag, ihr alles im Haus und in den Nebengebäuden zu zeigen, und wollte sie auch einmal sehen lassen, wie die Leute hier schafften. Eine Weile schaute sie zu. Dann bat sie ihre Wärterin durch ein Zeichen, ob sie nicht ein wenig mit Hand anlegen dürfe. Da sie sich bisher in allem freundlich und gesittet gezeigt hatte, wollte ihr die Schaffnerin diese vermeintliche Spielerei nicht abschlagen. Auch der Meister, der wußte, daß es sich um einen Schützling des Herrschers handelte, hatte nichts dagegen. Die Arbeiter lachten sich hinter dem Rücken des Meisters zu und waren nicht sonderlich freundlich. Als sie aber merkten, wie geschickt und schnell das Mädchen zupacken konnte, wie sauber sie aufkehrte und räumte, gaben sie sich bald zufrieden. Die Schaffnerin staunte und wußte nicht, wo und wann sie Einhalt gebieten sollte.

Im Nu war eine Stunde herum.

Am nächsten Tag gab das Mädchen zu verstehen, daß sie die Arbeit fortsetzen wollte, und die Schaffnerin gewährte ihr die Bitte. Da sie nicht müßig dabei stehen wollte, tat sie, was eigentlich nicht ihres Amtes war – und griff selber mit ein. An diesem Tage saß der Meister abseits. Er war mit dem Entwurf einer Empore beschäftigt, die neu in den Saal eingebaut werden sollte, und grübelte darüber, wie der Hintergrund ausschauen müsse. Seine Stirn lag in Falten, und er schien nicht vom Fleck zu kommen. Das fremde Mädchen war unbemerkt an ihn herangetreten und blickte aufmerksam auf die Zeichnung. Als er aufschaute, lachte er nur und sagte: »Ja, das ist schon ein rechtes Kreuz. Wohl dir, daß du mit so etwas nichts zu schaffen hast.« Da schüttelte sie den Kopf, bat mit einer Geste um den Stift und um ein neues Blatt; und ehe er sich's versah, hatte sie mit wenigen Strichen eine Wandeinteilung entworfen, die kühn und ungewöhnlich war, aber genau zum bisher Geplanten paßte. Dann ging sie ganz still wieder zu ihrer Räumarbeit zurück. Der Meister schlug mit der Faust auf den Tisch, als wolle er sagen: das ist es ja! Er machte große Augen, sagte aber zunächst nichts, denn ihn packte die Freude, den Entwurf gleich auszuarbeiten. Die Schaffnerin hatte den Vorgang aus der Ferne beobachtet, aber nicht recht begriffen, worum es ging. Sie bedeutete ihrem Schützling nur, den Meister künftig nicht zu stören.

Der Herrscher war gerade in diesen Tagen abwesend gewesen und kehrte erst gegen Abend heim. Als die Schaffnerin ihm, wie ihr Auftrag lautete, wieder einen Bericht über ihren Zögling gab, hielt sie es für ihre Pflicht zu erzählen, welch merkwürdigen Zeitvertreib sich das fremde Mädchen jüngst gewählt habe. Sie bat den Herrscher doch zu bestimmen, ob diese Dinge weitergehen sollten. »Ich habe nichts dagegen«, antwortete er. »Aber ich will es mir morgen selbst einmal anschauen.« – »Ich glaube auch, daß es gut ist«, sagte die Schaffnerin, »denn denkt, dies vergaß ich noch zu sagen: in den wenigen Stunden, wo sie dort arbeitete, hat sie angefangen unsere Sprache zu lernen. Sie hat fast jedes Wort behalten, das dabei gesprochen wurde und kann schon kleine Sätze sagen. Ohnehin hatte ich immer den Eindruck, daß sie alles versteht.« Da dachte Armas daran, wie er ihr zuerst begegnet war, und nickte beifällig.

Als er am folgenden Tag zu der mit der Schaffnerin verabredeten Stunde in den Saal kam, wunderte sich Armas, wieviel da schon geschafft war. Er begrüßte alle insgesamt und bat, nur weiterzuarbeiten. Das Mädchen hantierte so unbefangen wie an den Tagen zuvor; und es war eine Freude zu sehen, wie sie zugriff. Armas trat nun an den Meister heran, und dieser zeigte ihm seine Entwürfe. Besonders die Zeichnung zur neuen Empore fand großen Beifall beim Herrscher. Auf den Plan für den Hintergrund deutend, sagte er: »Meister, das habt ihr gut gemacht. Neuartig aber schön, da habt Ihr Euch selbst übertroffen.« Der Meister schwieg. Er spürte, wie er leicht errötete. Und da er ein ehrlicher Mann war, sagte er: »Aber, mein Herrscher, der Grund-Entwurf ist gar nicht von mir!« – »Nicht von Euch?« rief Armas erstaunt, »von wem denn?« Da neigte sich der Meister nahe zum Ohr des Herrschers heran, um ihm kurz zu erzählen, was sich gestern zugetragen hatte. Solche Vorsicht schien nicht nötig zu sein, denn die jungen Leute arbeiteten zwanglos weiter, und niemand hätte sich vermessen, die Gespräche des Herrschers zu belauschen. Aber aus einem anderen Grunde entstand plötzlich eine kurze Stille im Saal. Das Mädchen hatte einen Schrei ausgestoßen und stand mit hochgeröteten Wangen da. Sie war unter einem Fenster beschäftigt, wo auch ein ganzer Haufen von Glasscherben lag. So dachte man zunächst, sie habe sich verletzt. Die Schaffnerin und einige der Arbeitenden sprangen auf sie zu. Sie wehrte jedoch ab. Da sah man nur, daß sie eine zusammengerollte Leinwand in der Hand hielt.

Von Verletzungen war nichts zu bemerken. Sie ging auch gleich wieder an die Arbeit. Da an einer Fremden doch vieles wunderlich ist, hielt auch niemand für nötig, sie zu fragen, was denn vorgefallen sei.

Der Herrscher, der im Gespräch mit dem Meister war, hatte den kleinen Zwischenfall nicht aufgenommen. Er hatte nur einmal hinübergeguckt, aber seine Gedanken waren mit etwas anderem beschäftigt. Doch ehe er den Saal verließ, ging er zu dem Mädchen hinüber. Die Gebärde des Zeichnens nachmachend, lobte er sie und sagte: »Du hast mir eine große Freude gemacht; dafür darfst du dir auch einmal etwas Schönes wünschen.« Wieder sah sie ihn einige Augenblicke unverwandt an. Dann wendete sie sich blitzartig zur Fensternische, ergriff die dort liegende Leinwandrolle und stieß abgebrochen hervor: »Darf – ich – haben?« Der Herrscher nahm die Leinwand aus ihrer Hand. Nun erwies sich, daß es die Rückseite eines älteren, schon gebräunten Gemäldes war, das Bildnis einer unbekannten vornehmen Person, wahrscheinlich einen Fürsten darstellend. Armas erinnerte sich, daß sein Blick hie und da darüber weggestreift war, aber genauer hatte er es nie betrachtet. Gleich einigen anderen war es durch rohe Hiebe so übel zugerichtet, daß an eine Wiederherstellung ohnehin nicht zu denken war.

Er rollte die Leinwand, die er entfaltet hatte, wieder zusammen. Er begriff nicht, welchen Wert sie für das Mädchen haben konnte; doch reichte er sie ihr lächelnd zu und sagte: »Das darfst du freilich haben. Aber ein Wunsch bleibt dir dennoch frei.«

Am Abend des gleichen Tages ordnete er an, daß das

fremde Mädchen zu einer älteren Verwandten des Herrscherhauses übersiedeln solle, die tiefer im ehemaligen Königspark ein Schlößchen bewohnte, das ihr als Erbteil zugehörte. Dort solle sie gepflegt und unterwiesen werden, als gehöre sie zum Hause. An den Arbeiten im Saal möge sie nicht mehr teilnehmen. Aber er werde sie von Zeit zu Zeit rufen lassen, wenn er neue Pläne mit dem Meister bespreche. Die Schaffnerin, die nun das Mädchen hergeben mußte, meldete sich am späteren Abend beim Herrscher. Sie war tief niedergeschlagen und fragte ihn, ob sie denn etwas verfehlt habe.

»Nicht das Mindeste«, antwortete er freundlich, »im Gegenteil, ich bin Euch für Eure Dienste sehr dankbar und werde sie nie vergessen. Nehmt einstweilen dies kleine Zeichen meiner Erkenntlichkeit.« Und er überreichte ihr eine schöne Spange.

Die Zeit schritt voran, und es war schon der elfte Vollmond vorbei, seit Armas die Gaben an der Quelle empfangen hatte. Er mußte daran denken, daß bald der Augenblick da sein werde, in dem er auch das rosenfarbene Tüchlein hergeben müsse. Um so eifriger sorgte er dafür, daß es auch im ganzen Lande Segen stiftete. Wenn er auf seinen Fahrten Städte und Dörfer aufblühen sah, mußte er immer wieder staunen. Es schien, als ob das grüne Stäbchen und das wundersame Kräutlein, die er doch in die Quelle geworfen hatte, noch immer da seien, aber nicht von seiner, sondern von einer höheren Hand geführt. Wie hätten sie sonst soviel Segen wirken können?

Der Lustgarten vor seinem Haus war fast fertig und sollte demnächst dem Volk übergeben werden. Die Kinder träumten schon von den schönen Spielen, die sie darin spielen sollten.

Auch das Herrscherhaus war nicht nur hergestellt, sondern neu und schöner als zuvor eingerichtet worden.

Die besten Entwürfe waren von dem Mädchen mit dem

Zeichen gemacht worden, die bei mehr als einer Beratung dabei war. Sie war dem Herrscher längst keine Fremde mehr. Durch ihre Einsicht und ihren Verstand, aber mehr noch durch ihre Bescheidenheit und ihre feine Kunst, im rechten Augenblick das Rechte zu bedenken, hatte er sie immer höher schätzen gelernt. Die Sprache des Landes sprach sie jetzt so gut, als ob sie mit ihr aufgewachsen wäre. Und doch hatte Armas sich bisher immer noch gescheut, sie nach ihrem Ursprung und ihrem Schicksal zu fragen. Auch alle anderen, so vertraut sie mit ihr geworden waren, hatten die gleiche Scheu.

Einmal, als der Herrscher mit einigen aus einer anderen Stadt gekommenen Meistern und seiner jungen Ratgeberin den Entwurf eines Krankenhauses besprach, wurde die Ankunft einer aus fremden Landen kommenden Gesandtschaft gemeldet. Der Herrscher unterbrach seine Besprechung und rüstete sich gleich zum Empfang. Er saß bei dieser Gelegenheit zum ersten Mal auf der Empore, die in den großen Saal eingebaut worden war. Die Gesandten kamen aus einem Reich, das mit dem Land von Armas noch nie Beziehungen unterhalten hatte. Offenbar hatten sie den Auftrag, diese Beziehungen jetzt anzuknüpfen und dem Herrscher einen freundschaftlichen Vertrag und den Austausch von Gütern anzubieten. Man konnte das alles mehr erraten, als mit Gewißheit erfahren. Denn der Mann, der die Vorschläge zu unterbreiten hatte und offenbar der am meisten Sprachkundige war, sprach die Sprache von Armas Land nur unvollkommen und vermischte seine Rede mit allerlei fremden, unverständlichen Brocken. In dieser Verlegenheit mußte Armas plötzlich an seine Ratgeberin denken. Vielleicht verstand sie die Sprache der Fremden? Es galt ja nur einen Versuch. Sogleich ließ er sie rufen. Er stellte sie – durch einige seine Worte begleitenden Gesten – dem Führer der fremden

Gesandtschaft als seine Ratgeberin vor, und dieser antwortete mit einer kurzen Begrüßung. »Kannst du verstehen, was der Mann gesagt hat?« fragte Armas seinen Schützling. Das Mädchen stand einen Augenblick wie gebannt, und ihre Augen waren groß und leuchtend. Dann sagte sie: »O ja, Herr!« Und in fließender Rede gab sie wieder, was der Fremde gesagt hatte. Die Mienen des Herrschers erhellten sich. »Nun wohl, so bitte ihn doch, ganz umständlich noch einmal vorzutragen, was die Botschaft dieser Gesandten ist.« »Herr, das kann ich leider nicht«, sagte sie leiser und schlug die Augen nieder.

Nun fühlte Armas einen Unmut in sich aufkommen. Er beherrschte sich zwar, aber mit einer gewissen Enttäuschung rief er: »Wie kannst du denn die fremde Sprache verstehen, ohne sie zu sprechen?« – »Herr, das ist zweierlei«, erwiderte das Mädchen bescheiden und doch bestimmt. »Aber laß die Fremden ihr Anliegen vorbringen, und ich will es dir wiedergeben, daß kein Wörtlein daran fehlen soll!« Armas fühlte, daß sie wahr sprach, und er meinte, daß er sich an etwas erinnern könnte. Aber er hatte jetzt keine Zeit, daran zu denken. Auf den Vorschlag des Mädchens eingehend, sagte er: »Gut, wir wollen es so machen.« Er wandte sich jetzt an den ersten Sprecher der Fremden und bat ihn, dem Führer der Gesandtschaft sein Ansuchen vorzutragen. Soviel konnte jener gut übersetzen. Nun erfolgte eine größere Ansprache, welche das Mädchen lückenlos übertrug. Alle waren zufrieden und glücklich über diese Verständigung, und der Vertrag wurde zur Zufriedenheit der Gesandtschaft abgeschlossen.

Als die Gesandtschaft entlassen war, blieb Armas einige Augenblicke mit dem Mädchen allein. Er dankte ihr herzlich für diesen neuen Dienst und fragte sie, wie es denn nur zugehe, daß sie die fremde Sprache so vollkommen verstanden und doch gar nicht gesprochen habe. »Ist sie wohl« – sprach er zögernd – »deiner Heimatsprache verwandt?« – Es war das erstemal, daß er etwas fragte, was an ihr Schicksal rühren konnte. Sie errötete ein wenig. Dann sagte sie: »Herr, die Sprache ist mit meiner Heimatsprache nicht verwandt. Aber von einem bestimmten Augenblick meines Lebens an kann ich jede Sprache verstehen, die gesprochen wird!«

Sie sagte es ganz schlicht, ja mit einer gewissen Traurigkeit im Ton. Armas war ergriffen. Er fühlte, daß sie wahr gesprochen hatte. Und plötzlich kam ihm auch die Erinnerung, die er im Saal nicht völlig aufrufen konnte. So mußte es gewesen sein, da sie dieses Land betreten hatte. Und er dachte an die Begegnung mit den Wächtern an der Grenze. »Das ist sehr wunderbar«, sagte er langsam, »und es ist gut!« Er geleitete sie dann zum erstenmal zu ihrer Wohnung. Unterwegs sprachen sie noch einiges, worüber er den ganzen Abend bis tief in die Nacht nachdachte.

Der Ruf von der neuen Blüte und inneren Macht des Landes mußte weit über die Grenzen gedrungen sein. Es kamen noch vier größere Gesandtschaften, die alle einen ähnlichen Auftrag hatten wie die erste. Bündnis um Bündnis wurde geschlossen. Und jedesmal bewies das seltsame Mädchen, daß sie wahr gesprochen hatte. Unschätzbar waren die Dienste, die sie also leistete.

Inzwischen mußte Armas, sobald er allein war, immer wieder und wieder nachdenken über das, was das Mädchen ihm auf dem kurzen gemeinsamen Weg anvertraut hatte. Linda war ihr Name, und sie entstammte einem alten Fürstengeschlecht, das durch Eroberer von Thron und Stammsitz vertrieben worden war. Auf grausame Art waren ihre Eltern, deren einziges Kind sie war, ums Leben gekommen. Man hatte sie erst in ihrem kleinen Wohnschloß gefangen gehalten und streng bewacht. Linda war von ihnen getrennt worden und durfte sie auch nicht besuchen. Eines Nachts stand das Schloß in Flammen. Obwohl es von einer Kette

Gewappneter umstellt war, glückte es Linda, sich in dem allgemeinen Aufruhr hindurchzuschleichen und in das brennende Haus einzudringen. Aber als sie in die inneren Gemächer vorstoßen wollte, prallte sie gegen eine schwere eiserne Tür, die rot in Glut stand und nicht mehr zu bewegen war. Sie spürte ein unheimliches Glühen auf der Stirn. Verzweiflungsvoll rief sie den Namen des Vaters. Da hörte sie ihn mit schwacher Stimme antworten, ihren Namen rufen und noch ein einziges Wort dazu. Dann war es ihr, als ob ein furchtbarer Schmerz ihr den Kopf sprengte, und sie sank bewußtlos nieder.

Ein treuer Diener mußte ihr gefolgt sein, sie gesucht und gefunden haben. Als sie erwachte, befand sie sich weit vom Heimatort in der Pflege von anderen Getreuen. Eben diese hatten sie dann erst übers Meer und, als fahrende Leute verkleidet, weiter von Land zu Land geführt. Hier in diesem Land hätten sie sie plötzlich verlassen und seien offenbar wieder auf unbewachten Wegen über die Grenze gegangen.

All dieses betrachtete Armas als etwas, das ihm tief zu eigen anvertraut war. Auch den Namen des Mädchens hatte er noch niemand genannt. Von den einen wurde sie als Ratgeberin, von den anderen einfach mit »meine liebe« angeredet. Da aber noch manches Rätselhafte war in dem, was Linda gesagt und getan hatte, beschloß er, sie weiter zu fragen. Er hatte zu diesem Mädchen so unbegrenztes Vertrauen, daß er meinte, es müsse in allem völlige Klarheit zwischen ihnen herrschen. Auch drängte es ihn, ihr einen kühnen Plan mitzuteilen, über dem er nachts oft wach lag.

Diesmal sprach er mit ihr in dem großen Saal. Die fünfte Gesandtschaft war gerade abgefertigt worden. Armas hatte sein Gefolge weggeschickt und bat jetzt Linda, sich für eine Weile mit auf die Empore zu setzen. Sie zögerte erst. Aber er sagte: »Nimm hier nur einen Platz ein, dessen du gewiß nicht unwürdig bist.«

Nach einem kurzen Schweigen eröffnete er das Gespräch. »Ein weiteres Mal«, so sagte er, »hast du soeben Zeugnis abgelegt von deiner wunderbaren Fähigkeit, alle Sprachen zu verstehen. Mein Land ist jetzt auch im Begriff, sich nach außen zu erschließen. Das verdanke ich zum großen Teil dir. Denn ich habe wohl gemerkt, daß du nicht einfach übersetzt und wiedergegeben hast. Durch kleine Hinweise, die du mir immer wieder gemacht hast, konntest du mir die Fragen entlocken, die das ganze Gespräch gelenkt haben. Doch nun sage mir, wodurch dir die Sprachen so offen sind? Du erwähntest neulich, es sei von einem bestimmten Augenblick an geschehen. Welcher Augenblick war das?«

»Ist es nicht schon zu erraten, Herr, aus dem, was ich Euch angedeutet habe?« sagte Linda lächelnd. »Es war da, als ich von der Wunde genas, die mir in schwerer Stunde auf die Stirn eingegraben wurde. Ich war, als sie vernarbte, schon im fremden Land – und merkte, daß ich heimatlos, doch nirgends ganz fremd war.«

Armas nickte und schwieg dann wieder für eine Weile. Was er gehört hatte, kam mit seinen eigenen Vermutungen überein. Dann aber fragte er weiter: »Aber du hast ja auch die schöne Fähigkeit erwiesen, zu zeichnen und mir Entwurf über Entwurf zu machen für das, was ich neu erbaut habe. Wurdest du wohl in deiner Heimat von Kindheit an in diesen Dingen geschult?«

»Das, Herr, ist weit einfacher als Ihr denkt. Wohl habe ich ein wenig den Stift zu führen gelernt. Alles andere ist aber nichts als Aufmerksamkeit und Gedächtnis. Mein Vater hatte es gern, daß ich dabei war, wenn er seine neuen Entwürfe besprach. Und so habe ich manches halb im Traum, halb im Spiel aufgenommen. Im übrigen –«, hier stockte sie etwas, – »ist fast alles, was ich Euch riet, aus der Erinnerung an die Dinge wiedergegeben, die ich einst sah und liebte und dann für immer verloren habe. Nur ein wenig umgewandelt sind sie im neuen Licht und am neuen Ort. Seht – hier hinter uns ist ein sprechendes Beispiel.« Sie wies auf den Hintergrund der Empore.

Armas sah erstaunt zu den Pfeilern und Ornamenten und blickte dann wieder, ohne ein Wort zu sagen, mit großen Augen das Mädchen an.

»Nun ja«, sagte Linda, »dies ist ungefähr die Wiedergabe der Außenwand von der Schatzkammer meiner Väter.«

»Der Schatzkammer und nicht des Empfangs-Saales?« rief Armas erstaunt.

»Ja, und ich weiß selbst nicht, warum. Das kam mir damals so, als ich den Baumeister hier sitzen sah mit den tiefen Falten auf der Stirn.« Sie lachte ein wenig.

»Nun«, sagte Armas, »dies alles mag immerhin so sein, wie du mir erzählst. Aber ich weiß doch besser, daß in jedem, was du mir geraten hast, noch ein anderes darinnen steckt, das man nie von seinen Vätern hat.

Aber es ist nicht billig«, fuhr er fort, »daß ich dich immerzu frage. Ich habe dich gebeten, hierzubleiben, weil ich dir selbst etwas sagen will. Ich habe einen Plan mit dir zu besprechen, der mir schon viele Nächte lang heiß macht.«

Linda erschrak ein wenig und sah ihn wieder mit ihrem großen ernsten Blick an.

»Nachdem ich so stark geworden bin und mächtige Verbündete erworben habe, – was steht im Wege, daß ich dir das Reich deiner Väter zurück erobre?«

Jetzt bedeckte eine purpurne Röte Lindas Wangen, und sie schien mit den Tränen zu kämpfen.

»O nein, Herr, dieses nicht!« sagte sie hastig.

»Und warum nicht, Mädchen, warum nicht, Linda?«

»Weil – mir scheint«, stammelte sie, »der Krieg allen Segen wieder rauben müßte, den ein unbekannter Stern Euch geschenkt hat. Die Zeit solcher Kriege ist, glaube ich, vorbei; eine neue Zeit ist angebrochen.«

Armas spürte bei diesen Worten, wie sein Herz warm wurde und tief bewegt. Unwillkürlich mußte er denken: das rosenfarbene Tüchlein ist mit dabei in diesem Gespräch. Und doch drängte sich noch ein Einwand auf seine Lippen.

»Für uns hier mag sie angebrochen sein, die neue Zeit, ob aber auch für das Land, in dem du geboren bist und das du als ein unglückliches verlassen hast?«

»Ich glaube, daß es für alle Länder so ist«, sagte sie nach einigem Besinnen, »und für das Land meiner Jugend weiß ich es sogar.

Erinnert Ihr Euch des Bildes, das ich hier aus den Trümmern auflas und mir dann von Euch als Geschenk erbat?« Armas bezeugte durch seinen Blick, daß er sich gut erinnere. Atemlos lauschte er auf jedes Wort, das nun folgte. »Es war das Bild eines meiner Vorfahren, des größten Kriegshelden unseres Geschlechtes. Ich war bestürzt, als ich es entdeckte, und kann bis heute nicht fassen, wie es hierhergekommen ist.

Ich habe es, mißhandelt wie es war, seither oft betrachtet und« – hier zögerte sie wieder etwas – »in meiner eigenen Sprache auch befragt.«

»Und was hat es dir gesagt, Mädchen?« fragte Armas, dessen Augen zu brennen schienen.

»Daß es nicht zufällig ein Kreuz trägt, dort, wo es gerissen ist, und daß die Weisheit in der Welt zuweilen auch durch Gewalt wirkt.

So bitter das war, was mir geschehen ist, ich denke, wir sollen es ruhen lassen in dem Land, zu dem kein Weg zurück führt.« Sie hielt einen Augenblick inne und fügte kaum hörbar hinzu: »Dies hängt auch mit einer Weissagung zusammen, die mir schon frühe im Traum zuteil ward.«

»Welches ist diese Weissagung, Linda?« rief Armas, der immer tiefer ergriffen wurde. Unwillkürlich nahm er ihre Hand.

»Ich wäre Euch dankbar, wenn ich das jetzt nicht zu sagen brauchte«, erwiderte sie ganz schlicht und bittend.

»Auch denke ich«, fuhr sie lächelnd fort, »daß Ihr mich jetzt schon ziemlich viel gefragt habt. Steht mir selbst jetzt noch eine Frage frei?«

Sein ganzes Gesicht war eine einzige stumme Bejahung. »Nun, dann möchte ich wissen«, fragte sie ganz leise, »warum Ihr denn mein verlorenes Fürstentum für mich erobern wolltet?«

Da ergriff er auch ihre andere Hand und rief: »Weil ich alles für dich tun möchte, Linda. Und weil ich will, daß wir für immer alles teilen sollen!«

In diesem Augenblick fiel das rosenfarbene Tüchlein aus dem Gewande des Herrschers. Noch ehe es den Boden berührte, hatte Linda es erhascht und drückte es zugleich mit der Hand seines Besitzers kaum merklich an ihr Herz.

Da leuchteten die goldenen Zeichen im Hintergrund der Empore in wundersamem Glanze auf.

Als das geschah, waren noch drei Tage bis zum Vollmond, auf den Armas im Stillen wartete. Wie ein Lauffeuer verbreitete sich die Kunde von seiner bevorstehenden Vermählung mit Linda durch das ganze Land und wurde überall mit Jubel aufgenommen. Auch im kleinsten und entferntesten Ort wurden die Glocken geläutet, denn alle wußten, wieviel sie Linda zu verdanken hatten.

Und noch einmal machte sich Armas auf den einsamen Weg und stand vor dem schicksalhaften Felsenquell. Als er das Tüchlein, dem er sein ganzes Glück verdankte, mit einem innigen Abschiedswort auf das Wasser niederschweben ließ, merkte er, daß es hauchdünn geworden und in sichtbarer Gestalt kaum mehr vorhanden war. Das ganze Wasser schien für Augenblicke seine Färbung anzunehmen, so daß es vor seinen Augen verging, ohne eigentlich zu verschwinden.

Ein leichtes Beben ging durch den Felsen, und in der Majestät des Geisterfürsten stand der Alte da.

»Sei mir ein letztes Mal gegrüßt, Armas, Sohn der alten Könige«, rief der Geist, »du hast dein Wort erfüllt, und der Sinn aller Gaben ist eingelöst. Die letzte, die du zurückbrachtest, nehme ich nur als äußeres Pfand. Ich nehme den Schein des rosenfarbenen Tüchleins. Seine wahre Kraft ist, ohne daß du es gemerkt hast, längst in dir. Sonst hättest du die beste deiner Taten nie vollbringen können.«

»Und welche wäre das?« fragte Armas erstaunt. »Ich bin mir keiner besonders guten Tat bewußt.«

»Wohl dir, daß du so denkst«, fuhr der Felsenalte fort. »Sonst wäre auch die Kraft des Tüchleins nicht ganz in dir. Doch ich darf dein Herz preisen, das dich dazu brachte, Linda aufzunehmen, die wir auf dornenvollen Wegen dir zugeführt haben. Mit ihr erst hat der Ring deiner Väter seine volle Aufgabe erfüllt. Erfahre jetzt, was längst im Menschengedächtnis ausgelöscht ist: dieser Ring ist aus der Hand von Lindas eigenen Vorfahren in den Besitz deines Hauses gelangt. Ein ruhmreicher Held aus Lindas Fürstengeschlecht und dein eigener Ahn waren Kriegsgefährten und vollbrachten Taten, die noch von Sängern gepriesen werden. Dein Ahn aber erhielt den Wunderring zum Gedenken an den fernen Freund.«

»Ich kenne ihn!« rief Armas freudig erschüttert. Und er sah das Bild in Lindas Hand.

»Damit –« so schloß der Alte – »ist aber auch der Sinn des schmerzlichen Zeichens auf Lindas Stirn erfüllt. Du kannst es löschen. Pflücke eine der Sternenblumen, die dort vor der Quelle stehen. Sie wird ein letztes Mal die Kraft des Wunderkräutleins haben. Geh nun mit Segen deiner Wege. Im Leben wirst du mich nicht wiedersehen!«

Das Felsentor schloß sich. Noch einmal neigte sich Armas zum Quell und lauschte. Ihm war, als ob er Linda etwas, das er hier gedacht hatte, sagen solle. Dann pflückte er die Sternenblume und eilte auf den wohl vertrauten Wegen heim.

Das ganze Land rüstete sich zur Hochzeitsfeier. Am Vorabend aber nahm Armas seine Gefährtin an der Hand. Und in der Stille offenbarte er ihr, wie ihm Kraft verliehen sei, das Zeichen an ihrer Stirn zu löschen. Er sagte es mit all der Freude, die er am Quell empfunden hatte. Aber tief in seinem Herzen war auch eine leise Trauer, die er sich nicht recht erklären konnte.

Linda sah ihn ernst und gütig an. Dann sagte sie lächelnd: »Erinnerst du dich wohl noch, daß du mir einen Wunsch freigegeben hast, damals, als ich das Bild von dir geschenkt bekam?«

»Dein Gedächtnis ist doch gar zu gut«, rief er scherzend. »Aber das Wort gilt wie zuvor. Sag nur: was soll es?«

Da bat ihn Linda, die Kraft der Sternenblume nicht auf sie zu wenden, sondern auf ein armes Geschöpflein, dem es mehr not täte. Und sie erzählte ihm, wie in seiner Abwesenheit das dreijährige Töchterlein der Schaffnerin, mit dem sie einst gern gespielt hatte, sich eine böse Verbrennung zugezogen hätte. Der Arzt habe gesagt, es sei zwar außer Lebensgefahr, werde aber für immer häßliche Male davontragen. »Ich weiß«, sagte sie, »mein Kreuz schon weiter zu tragen, aber hilf, wenn du kannst, diesem Engelein wieder zu seinem reinen Gesicht!«

Die Bitte wurde erfüllt, und die Kraft der letzten Zaubergabe war dahin. Zugleich aber fühlte auch Armas, wie die rätselhafte Trauer aus seinem Herzen wich. Und als er wieder mit Linda allein war, küßte er das Kreuz auf ihrer Stirn und sagte: »Nun weiß ich auch, daß ich es immer vermißt hätte.«

Am Hochzeitstage wimmelte es im Vorgarten von tanzenden und singenden Kindern. Wieder läuteten die Glocken und ganze Chöre von Musikanten zogen am Herrscherhaus vorbei. Der große Saal prangte von herrlichen Blumen. Am Hochzeitstisch aber saßen alle, die seinerzeit zur Ratsversammlung erschienen waren. Mit Stolz und voll Glück sah Armas auf die Versammlung, denn mancher, der seinerzeit als Aufrührer und Zerstörer hier eingedrungen war, saß jetzt als junger Würdenträger dabei.

Als er sich am Abend mit seiner jungen Gemahlin zurückgezogen hatte und draußen der Jubel weiterging, erzählte Armas, der sich zu Lindas Füßen gesetzt hatte, von dem wunderbaren Quell. Es war eine lange Erzählung, und sie folgte ihr mit den ernsten Augen, die er, ohne es zu wissen, seit der ersten Begegnung geliebt hatte.

»Und so habe ich«, sagte er am Schluß, »ganz still auf die Quelle lauschen müssen. Ich glaube zu wissen, was ihr letztes Geheimnis ist.« Welches denn? fragten Lindas Augen. »Daß sie durch alles Erdenleben strömen will. Sie heißt in Wahrheit: das Gute beschließen und das Menschliche tun!«

»Heißt sie nicht einfach die Liebe?« fragte Linda schlicht. Beide schwiegen. Sie fühlten, daß der gute Geist, der sie geführt hatte, unsichtbar bei ihnen stand.

Im nächsten Jahr schenkte die junge Herrscherin einem gesunden Knäblein das Leben. Als die Amme, zu welcher die gute Schaffnerin bestellt worden war, das Kind seinem Vater entgegentrug, zeigte es sich, daß es auf der Stirn ein wunderbar strahlendes Zeichen trug, wie eine goldene Sternenblume.

Armas eilte zum Bett seiner Gattin und kniete vor ihm nieder.

»Siehst du, mein Gemahl«, sagte sie mit zarter Stimme und streichelte seine Stirn. »Nun ist auch die Weissagung wahr geworden, von der ich noch sagen wollte.«

»O, daß ich das auch vergessen konnte«, rief Armas beschämt.

»Es war auch besser so«, sagte sie lächelnd und immer noch etwas verlegen. »Sie lautete nämlich, daß der Sproß unseres Fürstenhauses in deinem Lande neu erblühen werde. Und das letzte Wort, welches ich vom Vater hörte, ist jenes, das ich jetzt erst voll verstanden habe.

Es heißt: Armas.«